谢谢神

给我路

给我血脉、朋友、爱人

给我遇到方法的际遇

使我明白在自由与克制之间最能说服心的爱的方式

佩鲁贾

尼斯

那些被忽略掉的重要

张亚东

对这部小说，我只能说，从开始看第一个句子，我就一直在点头称是。并非完全认同它的思想，而是它所陈述的一切，无论是否与我的生活有交集，都脉络清楚地替我说出了我想说的话，它知道我在经历怎样的清晨和夜晚，知道我在遭遇某件事后会做出怎样的反应，像每个人都会有的那么一个相识多年的老友，不必开口，他就已经心领神会。读这本书的时候，我是坦诚的，与坦诚的自己面对面。

主人公像身边的你我，曾经被细碎的生活割伤，也曾经负隅抵抗迎头而来的挑战，终于有一天清早她从镜子里看到面目全非的自己，尚且年轻的脸庞隐约闪现着密集的小伤疤。如果恰好生活在繁忙的城市里，几乎每个人都难以逃脱内心的疏离感，无论白天工作多么繁忙，在夜幕垂临时却能清楚感受到巨大的落寞和来路不明的悲伤。

有的时候难免自问，一切究竟是为了什么？

这不是城市本身的错，也许原本就是因为我们太固执，太忙碌，反倒忽略掉了生命中更为重要的事——比如爱，比如宽恕，比如纯粹的欢乐，而那些正是让生命得以圆满的元素。信仰也好，执念也好，出人头地的心愿也好，在快速的昼夜黑白切换之间，我们曾经认为最值得为之奋斗的东西转瞬即逝。把自己推上风口浪尖，又跌落谷底，起起伏伏的几十年，在午夜安坐静心回首的时候，能记起来的却无非是爷爷烟斗上焦黄的污渍、初见爱人时小鹿撞心房的慌张、聚会时某个朋友讲笑话时的神情，甚至记得公园里撒欢的小狗翘起的尾巴和陌生路人的一个善意微笑，那些微不足道的东西，竟然组成了过往生命最完整的回忆。

因此释然，明白为什么没有经历过大的波折却满身疲惫和挫伤，我们遗失了最美好的小东西。米兰·昆德拉在《慢》中这样描述这种感受："跑步的人跟摩托车手相反，身上总有自己存在，总是不得不想到脚上水泡和喘气；当他跑步时，他感到自己的体重、年纪，就比任何时候都意识到自身与岁月。"

目的地真的是我们最想要的东西么？在快速的奔跑之中，我们可能忽略掉了最重要的事。

尊重生命的痛苦和快乐

苏朵

也许，你将从这本书中的人物和故事中看到太多太多自己的影子和生活轨迹，但是奇怪的是，素速却是我所认识的朋友当中，最不一样的一个人。但具体哪里跟别人不一样，我曾经百思不得其解。

认识她的八九年期间，我们曾一起经历荒度的校园时光（不同校），毕业后稀里糊涂的偶尔靠投稿混点生活费的浪荡日子（不同媒体），然后某天悄然结束家宅生活，开始每天定闹钟按时起床的打工仔生涯（不同单位），直到最后，两条单线终于交集，来到一家公司成为了同事，再到现在，她默默地整出这么一本小说来。有什么不一样的呢？大家不都是这么一路或四平八稳或跌跌撞撞地走过来了么？

我不知道《你好，陌生人》会带给其他读者怎样的感受，但至少，素速所希望能被分享的意义在我身上起作用了，正如她在后记中提到的：本书缺少通常小说的悬念，比如在一开始把结局就突突地告诉了大家，因为我想强调的不是故事，而是思考。

是的，在这个让人有心情和时间去“深深思考”是种奢侈的年代，感谢她写了它。思考的直接结果，就是我终于想明白作者为什么会那么给别人不一样的感觉，一个字，记之曰“真”！是的，她太真实了。其实，真实本没有什么特别，可在如今这样一个虚伪横行甚至成为习惯的大时代，你不得不发自内心地感觉，那么一个无时无刻不真实活着的人，是多么地独特了。

说起来很好笑，她这样一个性格洒脱的人的书却由我这样一个行事拘束的人来作序，真是一种讽刺。她的真实和不羁，在我眼中，简直已经是一种酷了。当我们为了升官发财买房泡妞这些卑微的念头而心力交瘁虚度年华的时候，她却选择了一种坚持自我不被生活卷入的状态。素速，我羡慕你，由衷地！

我们每个人，都承担着生命赋予给我们各自的痛苦和快乐，这些，都是我们身体的一部分，如果能正视并尊重它们，它们也会善待我们的心灵和身体。就算在我们无法掌控那些坏的情绪而不堪其扰的时候，那么往好的方面想，至少我们还活着，这不是最重要的吗？

他们眼中的《你好，陌生人》

曹方：认识素速很久，她就像我身边的很多年轻人，有美好愿望却也常常疑问，在不断前行、停滞、放弃中“寻找”自我。难得的是她并不缺乏勇气和行动力，存在、证明和思考，在一段又一段旅程中感悟出属于她的真实与爱，一如她写下的故事。

棉棉：智慧的潜能在她的文字背后涌动，她很清楚青春是如此的一出drama，而写作总是带着治愈的使命找到最需要它的人！

闹闹：我喜欢素速奇幻的思维方式，我想她看到的世界跟我看到的一定是不一样的，而我愿意相信，她的世界更斑斓，更值得你去光临。希望你像我一样喜欢她的小说。

王啸坤：真正的激情不是感觉，是知觉，来自心灵深处，它会带领我们穿越所有最寂静落寞的时刻，并保持微笑地经历每一段让人流泪的成长故事。

韩彭：能够读到这样快乐的文字非常满足，真希望可以像主人公一样坚持自己的理想和希望，也许是一段旅行，也许是一件傻事，但这就是我们要的世界，一场坚持自己的漫长旅行……

Fly：心的故事，用心聆听，谢谢素速在讲述故事同时，让我游历了这么多陌生的城市！

常石磊：一本贴近心灵的书，在爱中寻找自由，在自由中感触爱，所有的思想都有可爱的地方，要活得开心，这是最重要的事！

旺福：罗艺是典型的北京女孩！痴情、洒脱、又有一点点鲁莽。我们每个人找到自己都需要这么一次不管不顾的远行，所以，现在就开始，喷跑吧！

BILLY：听起来就像发生在你我身边每一个女孩身上的事一样——机械的工作、一段不成功的前恋情……但并不是谁都有这个勇气把这些都甩掉，扛起背包就上路。

许群：在这本摄影小说里，不光表达了一个年轻人正直的生活观和对自由的深刻理解，而且融入了大量旅行手册上难得一见的旅行路线，无论构架视角还是文笔细节都很聪明，有力量。

李晓蕾：在最美丽的青春韶华，有甜似蜜糖的爱情、乐如飞天的游戏，但，不是没有痛。疼或不疼，其实并不重要，关键是：你是否记得自己经历过的每一个瞬间。

潘络绎：人生到底是一场自我实现，还是一场自我消失的过程呢？它的意义是什么？其实这些不重要，重要的是你需要什么，只要还有期待，圆满将永驻于我们的心中。

木玛：佛曰：种如是因，收如是果，一切唯心造。我们找到自己的心，可能只需这一个刹那。

人们常常绝情离开的反而是自己最爱的人。
甘心情愿留住的是自己早已死心不爱的人。
偏偏留下来的人又永远不肯把真心交给睡在枕边的人。

目录

contents

被工作充斥的生活，已经让生活在这座城市里的人们失去了自己的时间。

生活简单得没有一点改变，上面下面左边右边。

爱的人也永远不会有变化。

Chapter1.

北京　除了心，别无所求

我常常觉得有天会在机场远远地遇见他。

他抱着他的小女儿，万千宠爱地把她高高举过头顶。

然后我想……我会泪流满面。

这是一个长久盘旋在罗艺脑子里的画面，自打她一头扎进与马良之间热情似火、真情实意的瓜葛里，这个画面便一天好几遍地挥之不去。现在，她把他的人戒了，却又禁不住在脑海里三番五次地往事重提，感情是亦如从前的，投入过，并始终不减不灭。其实还是对他有偏爱，与整个世界的其他都不一样的偏爱，才使曾经的纵情换了另外一种表达方式，变成独自一人、点到为止的潜伏与怀念。

触景生情着，伺机而动着，在夜晚，或者太阳落山的时候，以及每一个走神的迷梦里。他们可以记得彼此，也可以完全不记得，无论是记得还是不记得，都是无常而无偿的空镜头，在写情写意的风景里，唯独缺少的只是那个故人。所谓忘怀，从来不是指忘记这回事儿，而是在说难忘。

忘怀也好，难以忘怀也罢，肯定否定都是一个意思，他们之间有蹊跷，而这蹊跷里面包含着太多再世俗不过的人性藩篱。比如，人们常常绝情离开的反而是自己最爱的人，甘心情愿留住的是自己早已死心不爱的人，但偏偏留下来的人又永远不肯把真心交给睡在枕边的人，表面上的道义何尝不是一种逢场作戏，假戏真做地把自己都给蒙了，他们既不知道是如何牺牲了自己牺牲了他人，也看不到自己又如何贪心。

于是，恩恩怨怨着，来世还要再偿还上一遍，爱情里的业力大概如此。

罗艺离开马良，反而成了唯一明智的选择。

在灵修的观念里，人的一生不止一生，灵魂不灭，多生多世地都在轮回。而爱一个人亦同理，需要累积多生多世的考验与顺其自然，才可能顺理成章，因此缘生缘灭、风调雨顺、喜怒哀乐都只是灵魂轮回里的一小部分，姻缘际遇都不仅仅局限于此生，她与他这辈子不见也罢，下辈子也还是要遇到的。

罗艺一字一句地慢慢陈述着，画面正在她眼前逐一摊开，因为相同的画面感早已在脑海中轮番上演过上万遍，所以此刻的她看似冷静镇定，心中的悲亦不露痕迹，忘怀之于她，是弱不禁风的华丽过场在经历过上万遍训练之后，只剩下看不出过往云烟的素面朝天。可是话音一落，豆大结实的泪珠便顺着眼角滑过脸颊，那泪珠分明不是泪珠，而是满眼的流火，流火与内心里平静躺着的悲一样，它们无声投入地闪烁着，凝聚着日积月累、光天化日的心折。

她的男闺密乐乐倒在沙发上，听完，一股一股窝心的忧思缓缓入耳，情节凛凛的时候，人都会低头，纵然拥有再林林总总蚀人心魄的细节也逃不出昭然若揭的结局。他一路看过罗艺是怎样一点一点地变成今天这样，从欢天喜地到坚决委曲的不求全，她与马良百无一害的美好关系带着煽情的光泽，但还是经不起最平凡的考验，他一边责怪着“马良实在太让我失望了”，另一方面又与马良格外惺惺相惜。是与罗艺泪珠滚落的速度同步，他不假思索飒飒地告诉她：“泪流满面也没关系，毕竟是你曾经的爱人，说明你感情丰富，眼泪丰富。”

他不紧不慢，轻描淡写，思路清晰，感情充沛，仅在字句之间，把话说满，各种善解人意全有了。

乐乐知道如何妥帖地安慰罗艺，他了解她崇拜纯粹嘎嘣脆的爱情，洞察力以及口味都锋利纯真，但至刚易折，反而将自己锁喉，人心终归是软的，倘若承担太坚强的意志会感到痛或难耐，所以无论精神对这个世界抱有多美好的认知，仍需现实不留情面的见证。也比如他自己，精神上像所有虚弱的女人一样渴望爱情的拯救，但爱情观糅杂着性欲，对鲜艳的肉体难以抗拒，仿佛是身体生来自带的本能，当爱情来临的时候，冲动和单纯同时爆发，男人的欲和男人的心一样意味夺人，它们平分秋色，谁也不是完整的百分之百，所以在感情上，他看不清楚自己的位置，内心深处常常欲哭无泪，因为有欲望，选择利己，然后失去更多，人的意志归根到底做不到十全十美的不偏不倚，为人本身就是局限，纯粹的智慧和善良，属于伟大的天神。

生老病死，一贫如洗，爱人的离开，梦想的远去……人类的眼睛是需要清洁的，为了更亲切地注视这个世界，不完满也要不折不扣的，所以有了眼泪。脏的也好，清丽也罢，都渴望着清清楚楚，天神赋予子民眼泪，是祝福他们运用自省，严谨而缜密的安排像一种需要不断回味的学说。

于是，世界真真切切地落入眼目，透明温湿，迎着人的情感和神的叹息，一并接纳，自在与不自在，都要敞开怀抱、不卑不亢，是在一场场精神灾难和内心困境里，才深入领会到无常，以及我们必须有备而来。

人的一生是走一条靠近天神的路，然后慢慢领会神的思想和神的感情，天堂地狱都不是终点。除了心，你别无所求。

只是生命的轨迹，无法避免地，让每一个灵魂饱尝泪流满面的箴言。

Chapter2.

柏林　灵魂认出彼此

在罗艺遇到马良之前，她一直不清楚自己是强撑着活在这个世上的，读五花八门的书，交四面八方的朋友，懂得调剂，善于打扮，有驾轻就熟的专业和按部就班的计划，足以应付的生活琐事和不痛不痒的心事，她一边脚踏实地地过着自己并不喜欢的生活，一边不慌不忙小心翼翼地拉近现实与梦想的距离，一切都在控制范围之内。只是马良第一眼就辨认出她是一个心事满满的小姑娘，并非看起来的那么光彩照人——她总是一个人走在人群的后面，东张西望，若有所思，寡言少语，很享受地沉浸在自己的世界里。那时，他对她的过往还一无所知，只是用心思，便已熟悉亲近了她。

他们都深陷在生活的肤浅里，无可自拔，无从解套，生活是一张肤浅而庞杂的大网。

人们常常必须相信生活是用来慢慢过的，慢慢探索，但这从来都是万不得已，不是吗？这个时代是个飞速运转的巨大齿轮，带着机械的惯性和难以抗拒的强硬习性。复杂的家庭背景、社会背景、时代背景偷走了人们的心，事态所趋，这个世上的人类渐渐变成了只会用脑思考的机器人。他们长进迟缓、自私现实，但反应敏捷，适者生存，以CPU的性能界定尊贵贫贱，只是大脑终归有个定数在，如同硬盘，能承载的认知极为有限。而那些乐于把玩地位、名声、时尚、权力的显贵，更被地位、名声、时尚、权力玩弄于股掌之间。应接不暇、推陈出新的“精明”之道，连同腐机勃勃的游戏规则，都格外别致地成全了哗然愚昧的离“心”力大气候。人们已是无暇顾及内心深处的灵魂与为人根源了，所谓命运不仅仅是在面对应付一场巨大的羁绊，更是在接受对生命本身自性心灵的凌迟。罗艺甚至无从察觉岁月的无形惩治早已把她变得怪胎一般，直到有一天，那个一眼认出她模样形状的人出现，他把她的心和尊严还给了她，于是她看到了一片天，一片足够用尽整个余生栖息翱翔的天，取之不竭、心生向往的天。他幽默地靠近她，新奇而自然。

马良：你总是走在我们的后面。

罗艺：我可以走在你们的左面、右面、前面、斜前面，但即使让我走在你们的后面，仅仅可以看到你们的背影，我也知道你们是快乐的还是不快乐的。

马良：我是怎样的?

罗艺：你在谈笑风生，但是你并不快乐。

马良很严肃地猛然回转过头：从哪儿看出来的?

罗艺：感觉。

若不是马良的调侃，罗艺不曾发觉自己常常走在人群的后面，她的眼睛被柏林整齐方阵的建筑和人文风景深深吸引，很认真地感受着心底宁静萌动的喜悦，她身前的那个大男孩会把他们所到之处的风景用幽默的语言或许渲染或许解读或许歪曲地戏说一番，是个妙趣横生的家伙。他声音洪亮，笑声格外有感染力，她会跟着一起开怀大笑，只是每每瞟到他的背影时，她有种直觉——他不快乐。她不知道他的烦恼来自于什么，总之他不快乐。当马良超速变脸地回头看她的时候，她知道自己说对了，得意扬扬轻佻地吐着“感觉”两个字的时候，她并不知道这个玩笑意味的话题简直揭穿了马良常年的软肋，不快乐——远比她想象中的程度沉上许多，他的精神生活常年不安定，内外矛盾，却又偏偏是个在精神上有着很强夙愿的男人。

所有恋爱的契机都无外乎没完没了的聊得来。这实在没什么特别，但聊得来的确是所有故事的开始，无论后面的情节是火药味的、苍白的、光芒四射的、还是不堪回首的，你要知道，它有个华丽丽的学名叫谈心，过来人对它一笑而过，年轻人对它奋不顾身，还有些人可能一辈子执著于此。罗艺马良相遇的时候，他们都只是渴望交流的孩子，有灵气、很认真、不安全、傻乎乎。

罗艺：我真喜欢柏林，很北京，是我记忆中北京的样子，但比现在的北京更纯粹。他们年轻人的精神气质和眼神都非常健壮，步伐坚决，着装不修边幅，但有自己强烈的风格。让我好想念小时候的北京，变得分外有感觉。现在太多外来城市的文化已经把北京变得面目全非，新出生的小孩们大部分都是移民。真正北京人那点拔份儿的精神几乎全盘消失。我有个杭州朋友说我故步自封，他说现在的北京才是进步的北京，我想他们真是一点也不懂北京人对自己家园的情感，全中国人民的乡情都可以被赞美，只有北京人例外，容不得北京人有乡情，一旦表达就变成敏感话题，别人会指责你的乡情是对外来文化的歧视。

马良：柏林也有大批移民，但是移民的精神会与城市原本的风貌相映生辉，所以人们还可以非常轻易直观地感受到"哦，这是柏林精神"。下午我必须带你去土耳其区看看，它是融在柏林气质里的，但非常非常酷，充满细节。去了你就会发现，柏林的规划和现在北京的城市布局正好相反，原本代表北京风貌的老北京生活如今只能擀缩在一个角落里，它们被埋没在新北京模糊不清的大风格里，所以北京不可能再有北京精神了，北京精神现在只是存在于小旮旯里的精神，想想除了西四、东四还可以看到正宗的北京风貌，其他能拆的都拆得差不多了，后海鼓楼倒是没拆，可被铺天盖地的酒吧街整得拥挤俗气，北京变味儿了，经典的东西没了。

人们常说男人与男人的话题是女人，女人与女人的话题是男人，而几个北京人凑到一起永远的话题，既不是男人也无关女人，而是北京、北京人、北京故事。这座城市历史太悠久，变化又过于激烈，是一代代北京人亲眼目睹过的翻天覆地，这让从小生长在这座城里的人们变得念旧情长，格外脆弱，无论他们身在故乡北京，抑或异国他乡，北京是北京人永远的话题。北京人太需要一种白日化的力量，去释怀平复他们对这座城市深深的爱恨情仇了，而他们的嬉笑怒骂，又只有亲身经历过的北京人才会懂。归根到底，北京人是重情谊而孤独的，事实上他们从不排外，甚是包容，但见过太多欢天喜地的他们，爱的口味自成一派，审美特别又看似刁蛮、不讨人喜。

当北京从一座城变成一座城市之后，城市的功能性大大削弱了城的文化性，不适应的北京人瞬时集体迷失，沉浮于舞台之下。他们的爱容不得小，爱了就必要面对骄阳，爱就必是辽阔之爱，他们已不再清楚地了解该把他们对这座城的爱放在天下的什么位置了。所幸北京人是不怕等待的，于是他们的性格幸免于被现实轻易的风蚀，北京人把他们的爱交给了时间和等待，而太长久的等待从来都是伴随局促不安的。时间是一把钥匙，任何一种感情都需要时间的培养，无论是友情、爱情、亲情、对故乡的眷恋还是对神的爱，而过程境遇都是考验，如何选择取决于见识。

两人钻出地铁，到了马良赞不绝口的土耳其区，所谓的柏林贫民窟，类似老北京的南城，把市井的生活过出好斗的光泽，从他们踏上地面的那一刻起，便闻到一股扑面而来的食物气味，刺激和兴奋的感觉，从嗅觉开始就一下子点遍全身。不同于德国人的整洁，土耳其移民善于运用浓烈的色彩，这让整个区域的建筑因为他们无比热爱的色彩变得独具风情，而这种风情或许俗但不媚俗，是源于他们生活中最本质的情感。区别于纯粹柏林精神的街区，土耳其区更加市井活泼，是非常可爱的，但也绝不喧嚣八面玲珑，粗犷的绚烂中带着性格的肌理，看不出丝毫的廉价，它只是原始。它以区的形式作为柏林的一部分，为这座城市蒙上了电子舞曲般令人激动叫绝的时空感和快感。整体看来，柏林是一座在井然秩序和酷感的深处还潜藏摆放着无限生动和恣意的城市，澎湃，有性格，而所谓柏林精神，就是直白和硬朗，它的迷人绝不拘泥于小情小调和故作神秘，它大方，带着很强的公众意识，但没有官方的夸夸其谈。

罗艺哈哈大笑着感慨：太刺激了太刺激了，我喜欢这里。

在这样的街区走路，人会莫名产生提气感，周遭的所有气氛都是对快感的烘托，马良买了个热狗给罗艺，德国人在吃食上谈不上讲究，很多菜品都昂贵却难以下咽，远不及他们的啤酒讲究出名，但德国热狗却是便宜又好吃的小食。

马良：来，补充点能量。我觉得我是high点挺高的人，但是一走在这样特拔份儿的街上就自然high，二百五的劲儿就上头。

罗艺：我已经连续三天都睡不着觉了。现在整个人处在一种极度亢奋的状态，丝毫不觉得累，这体能让我对自己都刮目相看。之前还没认识你的三天，天一亮我就一人跑出来暴走，我可以不停走路，其实我特抵触和他人一起旅行，总觉得那是件很麻烦的事，比如要照顾对方走路的速度，有时候喜欢走很快，有时喜欢走很慢，这些都是随性的，但两对腿一块走就难说了，而且在路上还得找话题，想想就觉着累，所以当初小伟热情地给我你的电话号码，推荐我来柏林找你玩的时候，我特犹豫，可他说你是北京小孩儿，我的顾虑就打消了一些，我想北京小孩儿玩的和喜欢的都应该差不多吧，不过你比我想象中好，真是个不错的旅伴，推荐的地方相当成功，走路速度也正好。晚上吃饭，我请你，表示感谢。

马良：甭客气，我来这儿一年多了，都没见过几个北京人，好不容易见一老乡，说说北京话，心里特舒坦。你喜欢去有自然风光的地方还是人文更多一些?

罗艺：人文，街道，博物馆之类的吧。不过我很随性，重在感受，不做计划的，喜欢的地方多待会儿，不喜欢的地方随时走。

马良：那咱俩一样，我特不理解那些驴友范儿的旅行者，走哪就狂拍到哪，永远在赶路，照片完全没灵魂，他们也懂技术，就是拍出来都一样——特discover。

罗艺：哈哈哈哈，我看也就挂历范儿水准吧，不过这种人特多，一路上你就看他们百忙吧，所以找个合适的旅伴相当有难度。

不知不觉，两人竟走出了半个街区，罗艺停下脚步在一家摆满色情杂志的便利店橱窗前一动不动。

罗艺：怎么他们看起来一点也不色情呢，只觉得一个个都很可爱open，无比开朗，看着就喜兴。你觉得呢?

马良瞟着一个封面女郎示意罗艺：嘿！我喜欢这妞。瞧人这身材……

他们像两个老爷们一样粗鄙地交谈着，罗艺赞许地回应着：胸大，屁股翘。嗯，还细腰。perfect!

马良满心欢喜地注视着封面女郎：你说说……绝了……这大美妞。

罗艺：我想买本《花花公子》收藏，这么有名的杂志，从来都没看过。咱们进去看看吧。

还没等马良回答，罗艺就大摇大摆地晃进了便利店，这一次她走在了马良的前面，只是马良并没来得及回神儿迈腿。眼前罗艺一会儿一主意让人摸不着头脑的轻快举动，是他再熟悉不过的北京人性子了——忠于自己，商量等于没商量，不解释。他看着她一闪消失的背影，大脑里竟是一刻空白，但又瞬间脑醒一般地意识到——常年在外的生活，早已经把他与北京浓厚牢固的关系分割得深而模糊，无论是习惯、感情表达方式、曾经的朋友、对生活的看法、心态都渐渐融化在求学吃紧的生存压力和只出不进的金钱开销之下，北京人的性子本是他精神抖擞的根，却在现实面前如此不知不觉便被轻易撼动了，他决定停止继续思考这个问题，因为问题看起来根本无法解决。他走进便利店，罗艺正认真地翻阅着手上的色情杂志，如果只看脸上专注无邪的神态，简直会让人轻信她看的是什么学术文化读物，甚至是一本德文版的《童话大王》也未尝不可，她神情自若，衣着素净，土耳其店员一脸雾水，很费解地时不时抬眼观察着。马良被这一幕逗笑了，他知道让一个欧洲人光凭面相去判断亚洲人的年龄绝对屡猜屡挂，对于他们，二十五岁的罗艺看起来太像个十七八岁的孩子了，嗯，还是一个流连忘返在黄色杂志书堆里的未成年孩子。

在这个谁也听不懂他们说什么的地界，马良用中文肆无忌惮地和罗艺大声打趣着：那土耳其傻小子把你当小孩了。带护照了吗？一会儿给人出示一下呀。

罗艺：我不信你，看我给他一个成年人的微笑。

罗艺合上手里的书，在拿起另一本的空当，对土耳其店员做了一个礼貌性落落大方的微笑，自然的安排看不出一点刻意，土耳其小伙子以友善温暖的微笑回应了她，收回疑虑的目光便不再看她。

马良：可以呀，罗老师，临危不惧，够沉着冷静的呀，地下党出身吧？

罗艺得意地看着马良：这叫有勇有谋。快帮我找找《花花公子》。

在一本本名头繁多的黄色杂志堆里，他们费了一些时间才找到了《花花公子》，两个人一起埋头看着，他们很惊讶地发现德文版的《花花公子》竟然是一本雅痞杂志。

显然罗艺有点失望，拧着眉头说：怎么这么文艺？！一点也不露啊。都是良家大美人。

马良又被她逗笑了：你以为得特下流吧？结果还没《男人装》露呢，不过人家摄影师拍得还真挺美的。

罗艺的思维一向来得快也变得快，下一秒又变脸一样平静地总结着：看来最下流的黄色杂志是《男人装》。

马良：这回满意了吧？您还买吗？

罗艺：当然买。这本还是纪念特刊呢。冲着咱俩手气壮也得买个吉利。

结账出门。踏着和认识尚不到二十四小时的哥们一起走的路。初次相逢，一起四处流窜，他们的小高兴和土耳其区街道上四处荡漾的气味一样，无处不在，怪味相投，步伐轻快。

在路边的咖啡馆，马良建议罗艺要享受一下午后的咖啡，这个主意是恰好符合她一向的玩乐思路的，于是一人要了一杯咖啡，坐在露天的座位上，安静地投入在各自的休息中，是两个动静交替无须沟通就自然吻合的家伙。他们都不说话，不找话题，适时沉默是默契的一部分，马良拿出烟丝烟纸，熟练地卷着人工香烟，罗艺坐在她的对面拿着现成的香烟，已然万般享受地抽了起来，她是个老烟民。

良久罗艺先开口，有感慨，有自嘲，但大抵是彻底放松的：真惬意，我总是在旅行的时候，才感觉到我是我自己，在国内，我的生活很单调，大部分时候都在工作，你知道，人真正的生活状态从来不可能在工作中得到释放，然后你会一直保持在一种出离愤怒的状态里。

马良：在国内的时候我是做广告的，算是最躁使人最狠的职业吧，你说的我特理解，当初想改变自己的状态，所以来柏林充电，也当是散心，但现在真正来了以后，其实也有很大落差，欧洲节奏有益于生活心情的调整，空气很干净，人也变得很安静，没错，但当你一下子从很忙的状态中抽离出来，变得很安逸，倒也不习惯了，大概在国内依赖工作能力作为自己的安全感太久了，一旦这个东西没了，安全感也没了。而且的确面对很大的生活压力，这时就会发现自己的理想和现实交锋得比从前反而更激烈。我很奇怪我为什么和你说这些，可能压在心里太久了，今天你买杂志的时候，有一刻我突然觉得我很想北京，想吃卤煮，喝小二了。

马良笑着，笑声很大，他是一个用胸腔多过用声带说话的人，笑起来的时候，也由整个胸腔发音，笑声在身体里环流，底气十足，无论大声还是小声，整个身体都是声源，连同周围的空气形成声场，置身其中，似乎让他那些看不见摸不着的烦恼都明晃晃地摆在了空气里，这是他们第一次谈到各自真实的生活，是两个把烦恼都很当回事的人迎面而坐，彼此新鲜又彼此熟悉，所以他们会谈，但又不会一直去谈，他们谈得很轻，此情此景，他们的烦恼变得很轻，可大可小，足以跳跃，流畅自然得能够随时转换话题，也不会听起来生硬突兀。

马良：你猜那个女孩多大?

罗艺：十九、二十?

马良：也就十三四岁吧。

罗艺：真成熟。

马良：这里的孩子像没有青春期一样直接有了大人的样子。

……

罗艺：你们小时候都去哪儿玩?

马良：后海捞鱼去呀。你们呢?

罗艺：我们筒子河卯鱼去，那会儿筒子河里的鱼多得不得了，大钩子一抛一拉一卯就是一条。

马良：呦，那咱俩还是一片儿的呢。

罗艺：没准小时候就见过。我还往中南海里扔过菜叶子喂鱼，结果卫兵端着枪就过来了，吓得我撒腿就跑。

马良：我小时候特怂但还爱打架，我老想找我们胡同一大孩子复仇，结果精心策划了好几套的复仇方案，直到他都当兵了，也未能成功实施，最后和我俩哥们，三对一把他弟弟给扔什刹海里了，哎。

……

马良：你小时候应该是个假小子吧？

罗艺：没有，可文静呢，不爱说话，不过我哥老带着我和他同学一起玩，他的同学都是小男孩，所以我从小就是行动派，比较有男子气概。

马良：我上小学那会儿，我妈老把我当娃娃玩，打扮成小姑娘，还拍成照片，我觉得特伤我自尊。

罗艺：有一次我哥和他的小伙伴们带我去北海公园爬山，我很清楚地记得那会儿我才上二年级，因为这事对我打击太大了，那天刚下完雨，地很滑，我从山上就滚下去了，浑身是泥，本身我还挺坚强的，一点也没哭的意思，但是下山一个阿姨看见我以后，无比怜爱地问我，小朋友，你有妈妈吗？我哇哇地就哭了，然后我哥的小伙伴还在旁边特小大人似的说，没事没事，身上泥巴干了，搓搓就全掉了。

……

罗艺：你喜欢荷兰吗？

马良：向往，我特想去阿姆斯特丹旅行，美女与毒品同在的城市，听着就刺激。

罗艺：我也喜欢，一直都计划着去荷兰留学。觉得男欢女爱都可以放在桌面上的城市，他们的心态应该相对健康吧？脏事少了，脏心眼子也会少。

马良：你这理由可够主观的啊。

罗艺：我一向如此。你不觉得中国人现在的感情生活特别乱，出轨的那么多，是因为中国人把性看得太神秘了嘛，从小这方面都遮遮掩掩的，没接受过教育，结果终于熬到适龄了，也就可了劲儿地撒欢没规矩了，就跟《正史》没读过几本，一直干好奇干好奇，结果一接触就接触到《野史》一个道理，能不乱套吗？其实神秘的从来不应该是性，而是感情本身。

马良：是这么回事，我以前一老板特操蛋，把公司的所有女孩都睡了一遍，并且每个女孩都互相不知道，拉着姑娘在会议室就乱搞。

罗艺：我以前一同事，女孩，有八十多个性伙伴，文艺女青年，她称这是她的战绩以及性意识的觉醒，敢做敢当倒也不失为真实磊落。然后有天她告诉我，她最近在和一个有一百多个性伙伴的人交往，我都疯了，那个男人是个有头有脸的知识分子，常常刻意地语出惊人，给人超然出世的假象。我就纳闷都长成那样了，还是个有身体缺陷的人，怎么还有姑娘扑他呢？然后那姑娘说了，他专门骗外地刚来京的小姑娘，她们都有一颗文艺和崇拜的心，为文学献身。

马良：都说西方人开放，现在看来最开放的是中国人了，不过北京人还是看重爱本身，一水儿付出范儿，不过也容易受伤。

罗艺：受伤是因为轴，甭管姑娘还是小伙子，多大岁数，那股轴劲儿天生的，其实精明谁不会呢，但是连爱都要靠心计，那和谁爱也就都一样了。

马良：所以，北京人大都晚婚。

罗艺：首都人民，咱得讲点气节，估计全中国最不会傍大款的就属北京姑娘了，视金钱为粪土。

马良：北京姑娘聪明，又特不把那聪明放心上，这点特可爱。

罗艺：出门是个傻大姐，回家是个傻闺女，没心眼的北京男孩又打小给北京姑娘提供了哥们儿多的土壤，懂事很有爱——北京姑娘的优良传统。

马良：说得我真想家，想卤煮、炒肝、豆汁、小二。

……

马良：刚一开始来这边的时候不习惯，还摸不清这个城市的门路，语言又不好，感觉德国人相处都是很疏离的，街上的人都是冷面孔，可能大城市都这样，其实他们只是在性格上有些被动而已，外冷内热。

罗艺：德国人看起来有些害羞，不像南欧南美人一样，我怀疑开朗就是南欧南美人的习惯，性格本身非常主动有光芒，但也不能说明他们内心和外表看起来一样，可能外表流露出来的会远比他们的内心都要开朗许多呢。

马良：宗教、天气都有关系，一方水土养一方人。亚热带、热带、寒带的人性格就完全不一样，还有生活在陆地的人和沿海、水乡的也不一样。

罗艺：所以我们还处于认识世界、了解世界的阶段，需要周游列国。

马良：回头欢迎来我们喜马拉雅马良主峰做客。我以后就写本书，把所有去过的地方都用我的名字命名。

……

罗艺：说实话，我挺佩服小伟的，他当时出国我都惊了，你说他都奔三的人了，为了追随女朋友，咣叽把工作辞了，也就北京男孩能干得出来吧？从小受英雄主义教育熏陶太多了。

马良：那会儿他在国内的工作已经挺有起色了，全套由着性子来，在国内一直干设计，去意大利学的考古，后来又修的兽医，选的专业就都特混。

罗艺：而且看他blog天天秀他的各式厨艺，全都特稀奇，丫太会生活了。那会儿他还特逗，我说小伟你为什么去意大利啊？小伟义正词严地说：我爱上一姑娘。倍给劲儿，我都无语了。

……

马良：晚上想吃什么？

罗艺：吃你想吃的。

马良：平时都挨家吃，我想想啊……

罗艺：来点特色的。

马良：他们吃东西特凑合，中东菜怎么样？而且不贵，挺主流的。

罗艺：成。

……

他们就这样度过了一个下午，烟不离手，话题此起彼伏，从出生聊到现在，从恋爱聊到工作，从北京聊到世界各地，从下午茶聊到晚上吃什么，如同少年，难得轻松。

用晚餐的中东餐厅实惠量大，很像北京小吃的店面，所有的食物都摆在同一个大玻璃罩子里，玻璃外面偶尔会飞过一只苍蝇。点什么一目了然，对着罩子指就OK了，盘子巨大，顶三个脑袋，他们点了满满一大盘子的食物，喝着阿拉伯茶，只花了十欧。座位是露天的，类似于中国大排档里的简装桌椅。罗艺将食物和马良的棒球帽并排放，对比着大小，拍在一张照片里。马良想她是个不大讲情调的人，但是很热爱生活。

罗艺：在北京吃顿正宗的中东菜可贵了。这里这么便宜，简直像是在吃霸王餐！

马良：北京的中东餐厅都做得很高端，这里别有风味吧？我喜欢去小馆子吃饭，可以观察周围的人，听他们说话觉得特有意思，要是在北京，我也只去小馆子吃，生活气息浓，每次去遇到的人也不一样，可去高端餐厅吃饭的人会都是同一种人。

罗艺：你真是个优秀的导游。

马良：吃完晚饭，带你去感受一下柏林的夜生活，咱们可以喝点酒。

七月夜晚的柏林有些凉意，他们穿着长袖坐在市中心的酒吧街上，马良点了一瓶红酒，清爽的风吹着他们的脸，很舒服。

摇晃着盛着半杯红酒的杯子，马良示意罗艺看手中的挂杯，挂杯像酒红色眼泪一样缓缓落下，在透明的杯面上留下一片澄清细腻的晕渍。

一个穿着燕尾服戴礼帽、长得很像Peter Doherty的罗马尼亚街头艺人，走在他们面前表演了一系列魔术。他示意罗艺倒一杯酒，他喝下去，鼓腮吹气，却从嘴里吐出了一簇燃烧的火焰，罗艺高兴得像个孩子，欢呼着鼓掌。后来他又表演了两个扑克和硬币魔术，马良用中文和罗艺交流着魔术师搞了把戏的机关，可罗艺无心顾及马良的提示，早就一头兴奋地栽进了魔术师的障眼法，异常专注于幻象，是一个掉以轻心和最配合的“好”观众。

表演是需要支付费用的，马良让罗艺看着给，几枚硬币就可以，他们凑了三欧元的硬币，街头艺人说谢谢，转身去下一桌表演。

马良：其实丫嫌给少了。

两人相视哈哈大笑。

罗艺：他的背影在说操！这俩浑蛋真抠。

马良：可以啦，他应该回家再练练。

循着街头艺人的背影，罗艺看到一个戴着束腰很漂亮的姑娘，一直冷漠、百无聊赖地站在路口。

罗艺：那个女孩也许失恋了，她的爱人没有来。

马良：她是妓女，在德国戴束腰、穿厚底高跟鞋、超短裙的女孩都是妓女，她在等客人。

他用眼神示意她在路口周围还散落站着的几个同样装束的女孩。

罗艺：天啊！

马良：在德国，妓女是种职业，他们要定期做身体检查，上税的。

这时罗艺才发现的确会有男人时不时停下来和她们搭话，有的女孩会被领走，有的继续停留在原地。罗艺第一眼看到的那个女孩几次交易都未果，一直伫立不动。

她感叹着：她真的很漂亮，看起来是个非常安静的女孩。

马良：也许她只是在等待一个大活，包夜吧。

……

一瓶红酒喝空，柏林的最后一天结束了，没有自然风光，没有博物馆，没有旅行手册上的经典景点，却是最好的旅行。两人漫步在夜晚的柏林街头，有时一前一后，有时并肩而行，踱着懒散的方步，了无牵挂的松弛就像走在自己的家乡。第二天罗艺即将前往下一站卡塞尔，看望美术学院的发小恢恢，并参观五年才会举办一次的文献展。次日，马良把她送上了火车，在站台上礼貌性地握手告别。

罗艺笑着说：第一次握手是说再见哦。

马良：下次再来柏林你就知道找我了，不用再自己一人单独行动了。

罗艺：祝你顺利毕业，欢迎回北京！

马良：咱荷兰阿姆斯特丹见。

罗艺哈哈大笑：没问题。

超级特快Ice飞速驶出柏林，开往德国中部。只是静静地看着窗外，迅速倒退的景色已让人来不及思考城市的建筑和人流是如何时空交错，便快速消失在眼前变成大片大片的绿色。看着风车一般高高耸立在云端的白色风力发电机，它竟成为天地之间唯一存在的标志物，一眼望去，目之所及只有单纯恬静，蓝天绿地，罗艺想那个深不可测的柏林已经在自己的身后了。列车员过来检票，打开包在票外的广告夹，票面上赫然写着一行歪歪扭扭的中文——“罗老师，一路顺风！”那一定是马良在买票的时候留给她的，罗艺很开心地笑了，心里窃窃地想着马良真是个会搞气氛的家伙，要是字儿写得再漂亮点就完美了。她有些意外，画画出身的他怎么能写这么一手臭字呢？那行美好的愿望简直就像是在做一个肉乎乎趴着动的虫，越看越像是可以蠕动的。她一直迷信字如其人，但这样想来，他难道拥有一个肉乎乎的性格吗？相处起来又的确没发现，也许隐藏得比较深，很有可能他就是一个性格肉乎乎的人。

一个常年独自旅行的人是习惯相遇和告别的，因为只要你在路上，就必须接受变化和短暂即逝。一方面旅行的确会大肆激发旅者的浪漫之心，但同时也是锻炼人情感意志的最大现实化途径——不存在完美的旅行，或者说完美里总是包含遗憾的。虽然罗艺的柏林之行刚刚开始便结束了，但卡塞尔和亲爱的恢恢就在前方，她小小地惆怅了一下，便迅速沉浸在对前方和未知相逢的期待里，或许旅行的意义存在千态万种，但旅行的样子只有一种，眷恋、再放下，这就是旅行的样子。

Chapter3.

卡塞尔　心有灵犀的旅程

恢恢，罗艺的发小，旅德六年，在卡塞尔美术学院攻读自由艺术硕士学位，除了读书，并为一本国内视觉杂志做驻德记者，其他业余时间都用来创作和恋爱，是典型的双鱼座女孩，很可爱，也更爱人。四年前她带着她第一个德国男朋友来北京玩，他坐在她们对面，她用中文告诉罗艺，他们在一起已经与爱无关，初恋的人们不懂爱情，现在他们只是一种友谊。三年前，她带着她第二个西班牙男朋友回京探亲，这一次她说或许她对他只是一种怜爱，南欧的男人太爱哭了。两年前，她和一个希腊男孩有过一场短暂的恋情，对于这段感情，最后她总结为恋非爱。一年前，独自生活在异乡的她得了一场大病，病愈后便成为了虔诚的佛教徒，开始吃素念经并坚持每日练习瑜伽。有一日在机场她遇到了一个北朝鲜男孩，在他们目光交错的一刹那，她感觉自己爱上了那个男孩。那个男孩长久地回望着她，慢慢地离开，慢慢地，还是离开，一条短暂的登机路线，他走得如此悠长，像一首离别曲，只是时间不会停止也不会倒退，我们的际遇就随着生命流向远方了，那是他们第一次见面，也是最后一次，甚至没有留下彼此的联系方式，不曾问好交谈，不过，这让恢恢明白了——爱，就是纯洁。

作为一个女孩，你必须要享受你是一个变化多端的女孩，拥有你变化多端的生命，你手里的一切都是变化多端的，就像你爬满手掌的掌纹，它们都是莫测的。你渴望长久地停留在一个男人的身边，可是你们还是会离开彼此，分离是你的生命，从来与爱无关，爱一直都在你的手里，永远的，在你手里，然而你的爱也是变化多端的，不是吗？亲爱的女孩，你知道你的心它在说，再没有什么比纯洁更加重要。你是多么多么渴望永远纯洁，可以老去，但不要长大；可以老去，但不要变成只是执著地活在爱人身旁不再天真的妇女。

罗艺和恢恢从学前班就一起读书，至今相识二十年，所以彼此已经非常熟悉，在他们的相处中，两人都可以极大限度地释放各自嘴脸丰富的丑态部分，她们都不会为此动气，因为那个最先犯错的人一定会回过头来低头弥补。比如，恢恢会常常很凶悍地跟罗艺说，你现在不要跟我说任何话，我只是需要倾诉，你听着就可以了。然而她也是这个世界上唯一一个会常常为罗

柏林 Deute 汉明登

速度 音乐 涂鸦

医✚性病
火车站出站口右边
达高楼庄16号

Gesellschaft
无专专
治治女
肛阳不阳
裂瘘孕瘘臭
口右边
Alter

BEATLES
LOVE

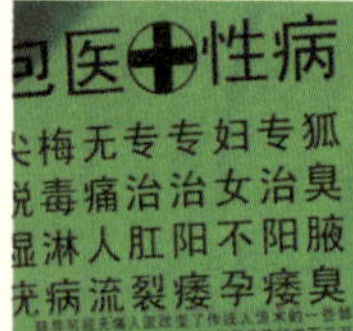

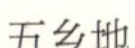
五乡地

都灵

梵蒂冈 阿西西

维罗纳

戛纳

摩纳哥

永远的怒江

艺写诗的人，那些诗甜腻且充满宠爱。又比如，罗艺常常好久好久地消失在恢恢的生活之外，没有一点关注和问候，然而她一旦出现，她会说亲爱的让我请你吃饭吧，这个傻乎乎的女孩似乎只会用请客吃饭去表示她对他人的喜爱，她总是需要比别人更多时间的独处。恢恢自然心知肚明，所以她也常常会抢着埋单。不过，她对罗艺做过的最牛逼的壮举是把自己心爱的男人让给她，“不如你跟他好吧？我俩还是缘浅。”每每这时，罗艺就会狡黠地说您是要肥水不流外人田吗？还是您自己留好了吧。她们不是形影不离的朋友，但她们会是那种即使在老了以后还可以躺在沙滩上一起幻想的朋友。

想着想着，卡塞尔到了。这个盛名远扬的花园城市和沿途绿草如茵的风景交融一体，竟察觉不出丝毫跳脱感，绿色植被将城市完整覆盖，使其森林化，绿色面积占到城市的百分之六十。由于身处盆地的缘故，火车上平视的角度，建筑物完全隐没于绿色之中，与其说是城市，更像是突然进入了某个大Park或者植物园。尽管对卡塞尔的绿色秀美早有耳闻，但罗艺还是非常怀疑是否真的到了德国中部最重要的工业城市，那个生产磁悬浮列车的城市，它看起来也太温柔了。加之作为一个中国人，罗艺看惯了祖国大火车站、大广场人头攒动的大场面，而眼前的这个火车站显然过于小巧冷清，怎么看也没有想象中市级火车站的气势。真的是卡塞尔吗？真的是卡塞尔吗？她实在无法说服自己。正在胡乱犹豫之际，亲爱的恢恢迎头给了她一个大拥抱，于是她终于松了口气，看来美丽的卡塞尔只不过是有些不可思议而已，当然，它当之无愧是格林兄弟的故乡，的确很格林，很童话。

卡塞尔飘着蒙蒙细雨，没有艳阳，湿漉漉的树叶，草皮因为澄清闪烁着剔透的光泽，小小清澈的光亮并不夺目，一闪一闪的，诉说着岁月静好的兀自美，空气里都是植被浸染的味道，仿佛整个城市都在同你问好——夏安，陌生人。

今天是罗艺二十六岁的生日。因为下雨，她脱了民族布鞋，一路打着赤脚，跟在恢恢后面，这里的地很干净，凉凉的，滑滑的，小动作，亲密的。罗艺一向轻装上阵，行李简单，所以从火车站出发她们得以直接前往国家剧院看了一场现代舞表演。舞蹈演员们身材胖瘦不一，有的肚子上甚至挎了一圈非常明显的救生圈赘肉，但做起各种高难度动作，伸展自如，淋漓到位，散发着不可思议而又让人肃然起敬的高贵与灵动，是用灵魂生命跳舞的舞者，他们存在的形式和表达方式无比自由，但肢体下面的精神和思考都是严肃有穿透力的，剧场爆满，鸦雀无声，集体式的长时间静默在结束的一刻爆发成一片热烈激动的掌声，美好得如梦似幻。

在剧院大厅，恢恢漫无目的地搜罗着各种宣传海报，这与她的设计师出身有关，总是习惯收集各地有意思的免费广告单和明信片。罗艺看着窗外，感受着细雨中的卡塞尔。这座城市不乏哥特式的建筑和城堡，但他们散落在山清水秀里，收于眼底时只觉绵软，浓郁的巴拉克式浪漫才是它的神髓，甚至这座城市的涂鸦也是和谐绵软的，具有很强的装饰性和对效果的设计感，远远不及柏林涂鸦创作者来得奔放多样，肆无忌惮的下笔甚至是破釜沉舟的。柏林的涂鸦无处不在随处可见，只有义无反顾的艺术才最迷人。卡塞尔的涂鸦显然更体现了创作者的公德意识，无论地点选择还是下笔画风都谨慎有秩。这不是一座不拘一格、性格逼人的城市，虽然它是工业城市，虽然它也车流急速，但它友好秀美，一气呵成，闲云野鹤般仿若避暑山庄。所谓世外桃源，就是无关激烈，那些狂野的心也只好路人作罢，自动绕行。就像卡塞尔街头举目皆是的橡树一样，它们淳朴实用，也不乏苍劲挺拔的精神气质，但归根结底卡塞尔仍是自成方圆的城，突破不是它的主体规则、风格、精神，所以无须突破，不变的安住就是卡塞尔。恢恢递给罗艺一张海报用来遮雨，走出剧院，罗艺认真地端详着这座莎士比亚剧团曾经巡游过的欧洲第一家固定剧院，如此小巧甚至不够古典，倘若只看低调的门堂，很难猜想出它竟然承载着两个世纪久远流长的故事和历史。

卡塞尔人的生活一定是舒适而单纯的，你可以从卡塞尔人的脸上轻易地读出他们寡欲健康的心态，没有大城市外冷内热的冷面孔，每一个路人都会同你微笑点头，无一例外。甚至有人还可以用中文打招呼说“你好”。和这座城市的一草一木一样，他们温柔纯善，不匆忙走路，开环保车，提着篮子换满满一筐的啤酒，即使是卡塞尔的小猫小狗也是一副慢慢悠悠的样子，不亲人，但不避人，更不凶人。卡塞尔人亲切主动，但也并非盲目热情，他们只是欣然地生活在自己的童话世界里，安居乐业，他们热爱自己的生活，也随和地对待外族，这是一座文化城市难得的人性修养。

不同于马良，恢恢是安然融入于异国求学的漂泊状态的，一是年头来得比较长，已经完全度过了适应期；二是她来的时候非常年轻，还是少年，所以价值观和世界观的定型都形成于欧洲，内心像一张白纸，允许更多的可能性，自然少了许多冲突。加之天赋和北京女孩特有的独立性格，总的来说，她喜欢自己的专业，学业顺遂，生活上也一直很乐观，虽然穷过，但从没有穷怕过。她每天会去刷两小时盘子，她说刷盘子很好，我可以有空思考问题，但不要刷太久，两小时刚刚好。她的漂泊足够她承受应付，并仍能敞开心扉感受自在。

她和六个人共同租一所大公寓，每人一间卧室，公用一个浴室、厨房和客厅。她的室友有德国人、波兰人、法国人、美国人、异性恋、同性恋，年龄不等，20岁、30岁、40岁，职业不等。她是唯一一个中国人，他们有的单身，有的未婚，有的离异，有的周旋于两个情人，拥有各自的故事，但他们都是独身。她搬来这里半年，虽然并不是和每一个人都称得上好朋友，但所幸他们像亲人一样，一起生活得还算和谐，并不寂寞。这里也是她无数次搬家经历中最中意的一个住处，且房租不贵。但入住这样的公寓并不容易，无形中对入住者的语言会有一定要求，入住之前，其他六个室友要像相亲大会一样，每个人都对她进行一次面试，经过认真的交流、筛选、投票、被选择才可以最终入住。

现在恢恢的其他六个室友都已经提前知道她有一个要过生日的北京好朋友来这里和大家暂住几天了，从三天前她就开始忙着采购食材、配料，准备着亲手为罗艺做上一个美味的巧克力大蛋糕。常年独自无依的异国生活，让恢恢学会了要热烈地表达自己的喜爱。她的热烈是自然而然、真实由心而发的，但罗艺知道，这并不是先天的恢恢，先天的恢恢是个将感情深藏不露的女孩，现在的她，是知道自己幸福在哪里的她。罗艺想，亲爱的恢恢在这方面要远比自己做得漂亮淋漓。而我们的生活是那么需要All for now的智慧，温和的人可以敞开心扉，温和何尝不是可以如心所愿地表达热烈？温和是有力量抵抗忧伤的。

或许卡塞尔四处弥漫的巴拉克式浪漫让它显得有些海誓山盟，过于顺滑美观。对于喜欢好奇刺激的旅行者，在短暂的时间里，难以激起血脉喷张的快感，眼前的风景很难说喜欢，也很难说不喜欢，一切仍待继续经历。和北京人需要震撼的性格密不可分，他们对事物的反馈常常是快而凛冽的。罗艺想，仅仅通过卡塞尔洁癖温润的表面风景无法看到这座城市潜意识里深层的真实感，但所幸她也清楚此刻的任何反馈还都不能算数，因为她尚未进入这座童话王国的尘世生活，一切都不是最后的判断。推开恢恢公寓楼的大门——一扇着实沉重的铁门，需要整个身体一起倾斜跟着做推的动作，门向里打开，整个过程都给人一种进入感，而后来证明，这的确是一扇通往卡塞尔尘世生活的大门。

逼仄的旋转楼梯，环绕着楼体正中位置的电梯隧道，盘旋而上，是典型的欧式风格。老旧的电梯像存在了几个世纪，带着锈的味道，恢恢手动拉开电梯的大铁门，身体呈四十五度角摽着力气，但仍是自如的，看得出来她已经非常习惯这里的生活环境，丝毫没有为此感到吃力。电梯内部的空间异常宽阔，竟是个超大的立方体，足够放下一架三角钢琴，并还有空间踩着旋律和恋人跳上一支温柔双人舞。因为太老，电梯隆隆、很有声感地将她们送上楼层。恢恢掏出钥匙，锁开的一刻发出短促清脆的响声，格外好听有魔力。那一定是把铜锁，习惯靠声音和嗅觉去辨别世界的罗艺，从踏入这栋建筑以后，便渐渐有了起兴的样子，周围的景物都让她非常敏感，她的脑袋又开始活力四射地东张西望起来，而这把铜锁的出现更似玄机，将要通往哪里？一切都很有感觉。

门厅没有窗户，白天也是黑压压一片，模糊中一个影子在阴影里一晃而过，他一边开灯一边问候，语调软软的，是个面目清秀的男孩，穿一件与语调相吻合的乳黄色T-shirt、牛仔裤、白色三叶草球鞋，三个人站在狭小的门厅，他是谈吐最暖色调精致的一人。罗艺同他行握手礼，他的手极其柔软。精神软的人，身体也会格外软，他的温情脉脉让人出乎意料，很瘦的手却像一团棉花，甚至感觉不到骨头的存在。大家作了简单的自我介绍，他便兴冲冲地夺门而出，他要与他的爱人共进晚餐，从气质上看，很容易判断出他的爱人是个男人。

恢恢：他是学化学的，人很可爱，有时候会送我们他自己配置的香水。波兰裔德国人。原本在科隆读书，之前有个交往六年的男朋友，但男朋友又爱上了别人，然后他就毅然决然地来了卡塞尔，刚来时生活也挺落魄，之前那位拿走他所有现金就完全消失了，不过他是个乐观豁达的人，说不好的爱情会是这样，失去很多，只是深刻地领教过一个人的恶而已，所以生活没什么不可以过去，不会放在心上，他现在的爱人是画装饰画的，有时他们会一起搞一些特别的颜料，挺有意思的一对儿。

罗艺：我喜欢他这样毫无心机地获得胜利。

这所公寓的内部结构是典型的哥特风格，成十字形，从门厅通往客厅，有一条狭长的过道，过道两侧分别是七个人的房间。在每个房间的门口，他们或整齐或凌乱地放着自己常穿的鞋子，凌乱不堪中，自有浓浓的生活气息。门壁上贴着他们各自喜欢的画，纷繁芜杂的喜好让他们共同居住的地方显得格外温馨公平，公共的墙面上有一个留言板，写满了各种不同笔迹的只言片语。恢恢的单间是位于通道左侧的最后一个房间，在她十五平米的个人空间里，乱糟糟地放置着各种摆件，然而细看下去每一样摆件又都是常用物品，它们被安置得漫不经心，但也算合情合理，介于凌乱与散漫之间，并非完全邋遢不堪入目，显然这只是一个年轻女子的房间，她不拘小节，喜欢舒服，真性情，但是个漂泊者。房间的窗户既高且大，采光极好，和门厅过道的昏暗形成鲜明对比，在关门开门之间，视觉会体验到明暗两种亮度的巨大反差，无形中给人强大的光明感和节奏积极的心理暗示。

垂直于门厅通道是一个四十平米的大开间，左侧是公共客厅，右侧是厨房餐厅，小小的吧台将客厅、餐厅从功能上巧妙地分割开来。餐厅里有一张十人用的大餐桌，一张用来看杂志、喝咖啡的沙发，一个装满公共食物的大冰箱，食物是简单的面包、酸奶、麦片、巧克力以及各种口味的黄油，每个人会轮流自觉地采购，打扫卫生。客厅部分有音响、黑胶唱机、摆满书的书架，榻榻米上是一组沙发，也是整个房间采光最好的位置，可以懒洋洋地度过一个下午。一个四十多岁的美国人，坐在阴凉处，正入迷地玩着某个电脑游戏，他叫John，十年前John生命里最爱的女人离开了他，从那以后，他搬来卡塞尔，做义工，并再也没离开过这里。他是个感性的绅士，深思熟虑地说话但也随和亲切，看到罗艺走进来，便即刻暂停手里的游戏，开始尽地主之谊陪她聊天。他喜欢她脚下那双白族纯手工布鞋，问她那上面的绣花意味着什么。罗艺告诉他那上面绣的是一双叫鸳鸯的鸟，在中国鸳鸯意味着爱，而她把它们穿在脚下是在走一条寻爱的路。总之，罗艺并未看出这个男人平静、对未知饶有兴趣的外表之下，曾经历过至今也未能走出的伤心往事。爱伤从来都是内伤，如何平复、何时平复是一个谜。

这时从卫生间里突然走出一个穿着睡袍的女人，在罗艺与她目光对视的时候，她用英语微笑着说：嘿，小神婆生日快乐！

在没见过Sandra之前，她们对彼此的名字便有所耳闻，因为她们分别是恢恢在北京和卡塞尔的好朋友。罗艺惊讶地回应她：你一定是Sandra，你居然知道我的小名叫小神婆。

Sandra已经快五十岁了，留一头灰白色利索的短发，说话的时候面部表情异常丰富，宛如童女，走路轻而快，加之穿着很长的睡袍，总感觉她在房子里飘来飘去。一直忙着煮咖啡的恢恢招呼大家一起喝咖啡，三个女生在餐厅围坐一团，John独守客厅，继续闷头在他钟爱的游戏世界。

Sandra既不十分美丽，也不十分性感，但是一个热情洋溢且很有追求的女人。她一生的职业是在不同的咖啡厅、餐厅做服务员，但她读过很多书，书和男人是她生活的两样必需品，她一生中最大的愿望就是拥有一份心灵交汇的爱情，蛮我执的，所以至今未婚，仍在寻觅，但所幸她挺潇洒不情执。Sandra同时拥有两个情人，一个比她小八岁，一个比她小五岁。她并不打算嫁给其中任何一个人，因为他们之间并非爱情，她说她只是欣赏他们身上的某些品质，而那些品质可能是女人们穷极一生也无法具备的。他们之间的互动，仅限于两个好友在灵性层面上的吸引交流和互相寄予，彼此都很透明也尊重对方，这是一种友谊。她说对于一个常年独处的女人或者男人来说，男女之间互送寂寞是调节自我、管理情绪的一个部分，当然她也是在四十五岁以后才先后遇到了现在的情人，她承认他们和爱情一样都是可遇不可求的际遇，她只是顺着生活走而已。在他们出现之前，她也曾度过一段长达数年的浑浑噩噩的日子，用单纯的性关系调节自己的情绪，甚至尝试过3P，但现在想来，那只是人在绝望时的胡来，魔鬼一般狰狞地活在世上。其实她需要的只是找到一个方法，让自己不必如此孤立无援地僵持在梦想里而已。然而这个方法其实很简单，走出家门，爱每一个人，真正地欣赏他们，去感受他们的痛苦，你甚至什么都不用说，只是送给每个路人一个最诚挚的微笑而已，然后那个理解你的人自会出现，他会自己走到你面前，给你他赤裸裸的心，当然你不要过分挑剔那颗心的细节，因为你们都不是彼此的爱人。

罗艺：你的情人们都结婚了吗？

Sandra：他们都是单身，这一点我很清楚，我不可以和那些已婚男人搞在一起，纵容一个男人变得无耻，那是一种罪。结婚是很严肃的事情，不爱不可以结婚，结婚就意味着你已经是个完整的人了，已经准备好也甘愿为你的另一半舍弃各种欲望和诱惑了。

女人和女人的友谊大都非常肤浅，只有两种可能，无话可说或者无话不说，Sandra、恢恢与罗艺的友谊属于后者。他们投机得甚至忘记了巧克力蛋糕早已在烤箱里烤好了很久。是嗅觉灵敏的罗艺第一个闻到香味，于是恢恢提议带着蛋糕找家餐厅继续聊。

Sandra带两人去了城市边缘卡塞尔本地人常去的一家餐厅，可以喝到正宗的德国啤酒。这家餐厅原先是个啤酒工厂，被直接改造而成，在餐厅内部仍然保留着一个巨大的两层楼高的木质酒窖，客人们环窖而坐。无论桌椅装饰、彩灯闪烁、乡村音乐、周到热情的服务，还是客人们欢畅交谈的气氛，都洋溢着传统亲切的乡村田园风情。她们也显得情绪饱满，一晚上兴高采烈地德英中三国语言混合聊，并没太影响她们交流彼此想法的进度，词汇虽然简单得不得了，但足够对方心领神会。尽管三个人的生活背景和过往经历完全迥异，对爱的认知不全然苟同，但足够求同存异。她们满心另类不主流的爱情观在雷同部分的认同中得到宣泄、切磋。恢恢谈起今年有意发展的一段感情，她火辣辣地形容那个男孩是一个非常美好但极端不靠谱的优秀人才。她用德语说了一遍，又极度需要过嘴瘾地用中文复述了一遍，说完自己先哈哈大笑起来，似乎只有家乡话才能更准确地满足她自嘲的语境。有些心动更像心痒，痒一痒过去了，或者一直痒，也只是痒一痒而已，在它发生的时候，就已经预料到彼此的不适。表面上彼此都是性格自由流动的人，但一个人的流动是一阵风，另一个人的流动是一条溪，于是彼此只是可以相逢相嬉的伙伴，但无法成为相汇相惜的爱人。

罗艺鼓励恢恢放下直觉，她说：嬉是起步，惜靠培养，是否相爱是最后面很后面的事情。两个人合适不合适，试了才知道，而人心是变动的，好的会变动，不好的也会变动，而在一起绝不是一个发生在最开始某一天里特别惊天动地的决定，结合都是非常复杂的过程，那些简单的的确存在，不过只能说是一夜情或者恋爱的感觉吧。

Sandra补充着：如果他足够美好，如你所愿……你可以试，你知道你是个认真的女孩，但他或许不是，他所有的美好也不如一个认真。

恢恢：有时候发现自己的确会多多少少有些小算计，比如，我和这个人在一起我会失去什么，我是否还可以平衡？对方也会，只是多少的不同。

Sandra：你的生活还长着呢。有足够的时间去发现自己、对手在思维模式上的缺陷。算计啊，失去啊，这些都是你的经历。它们可能是对的，也可能成为你的硬伤。只有经历了，才能看清楚。现在再怎么算计也是瞎子摸象，雾里看花，不能说十分有把握。但是作了决定就承担决定的后果，这个最重要。

零点到来，恢恢和Sandra为罗艺唱起生日歌、许愿、吹蜡烛，服务员也闻声而来和她说生日快乐。一边是一个认识二十年的朋友，一边是认识一天的朋友，此刻，她们都在对着她微笑，眼光里充满着真诚的祝福，但那微笑是不同的，罗艺恍然间觉得亲爱的恢恢对自己的爱已胜于朋友，如同亲人，经年累月，却仅是无求回报的关爱。她们在不同的地方长大，经历不同的生活，但幸运的是她们以同样的进度长大，所以她们现在可以坐在一起吃饭并仍然无话不说，在碰触到敏感话题时，又会默契地点到为止。她们都知道脆弱是放在桌子边上的一只玻璃杯，如果你知道对方脆弱了，什么也不做也好过推它一把让玻璃杯掉在地上全盘粉碎。她们没有过太忧伤的话题，不是哭天抹泪的友谊，常常也并不牵挂对方，但她们保护对方，及时靠近，并了解友谊的去向，共同经历的患难是精神上的。恢恢的巧克力蛋糕味道略粗糙，但这并不重要，在罗艺眼中，一个北京姑娘下厨，形式上的意义远比味道本身重要，粗线条思维的北京姑娘通常不惜于把时间花在做饭这样的事情上，所以这是一款爱味蛋糕，口味再好的蛋糕也不见得拥有的古怪爱味。

Sandra：说说你的故事，罗艺。

罗艺：我没有什么精彩的故事，现在的心思就是攒钱去荷兰读书。两年前，头脑发热差点领过一张结婚证，现在想来那是很愚蠢的经历。我还没长大，只想了解世界、认识世界，虽然有时候心理上也会需要爱人特有的互动，比如读到自己喜欢的文字，或者经历一些特别有感触的事情时，就想这时身边要是有个我爱的人多好啊，但通常我会点支烟，跟自己自言自语地重复一遍，一支烟的时间，自己也就平复过来了，已经非常习惯一个人生活了，一个人吃饭，一个人旅行，一个人睡觉。大部分时间我都在工作，其实工作非常消磨精神意志，但会去忍受，不动摇。出来玩很好，如果你在北京见到我，我肯定是一副苦大仇深的样子。我没有自己的时间，没时间认识新朋友，没时间看DVD、读小说、学习新的知识，唯一的娱乐是需要时不时地玩上一圈，旅行是我生活的一部分，太长时间持续的忍受也承受不住。

三个女人踩着微醺的步伐，晃悠在卡塞尔的街头，一路步行回家，边玩边走，她们甚至爬到花坛里的雕塑上轮流拍照，有的人喝美了喜欢爬高，罗艺尤其是，一路上哪高往哪攀爬；恢恢眼神迷离，但貌似镇定地调整着相机焦距；Sandra时不时地仰望星空，她享受于这个时刻。或许有些牵强附会，但不得不说三人不同的酒后状态很大程度上可以看出她们现实生活中的精神状态，比如罗艺是个自我强烈但压抑自我的人，恢恢是个非常注重强化个人精神控制力的人，Sandra则是个浪漫至上的生活家。

罗艺在卡塞尔的第一夜，睡眠短暂，由于心情精神都格外松弛，难得地享受到了质量颇高的自然醒。醒来后，恢恢要去餐厅刷盘子，罗艺独自一人前往文献展，她们相约下午三点在Friedrichs广场的观望台前见面。展览的大部分作品，其实没有想象中震撼，甚至不乏浑水摸鱼之作，但艺术形式多元开放，参展作品数量十分庞大，是名副其实的当代艺术盛会和世界性大展，就像电影界的奥斯卡、音乐界的格莱美，作品良莠不齐都在情理之中。这一年，艾未未的作品“1001童话”被称为卡塞尔有史以来继博伊斯“7000棵橡树”之后最伟大的作品。于是这片日耳曼人的土地上掀起了一股不小的中国热，卡塞尔市民甚至集合了数百辆自行车，专门供给来自自行车王国的客人免费使用，穿梭在城市街头你很容易感受到卡塞尔人对中国面孔的友好。除此之外，卡塞尔大街小巷上张贴着大量“包治性病”、“办证”的中文小广告。它们是罗艺在这座城市所遇到的最刺激的视觉经历，居然是来自中国人自己的行为艺术，它们不存在于展厅内，只粗鄙赤裸裸地呈现在街头，以一种浑蛋式的幽默，然而这是最好的方式，时空错乱但无比真实，意外之余又无比熟悉，不禁开怀一笑，中国风在美丽的卡塞尔刮得真是面面俱到片甲不留。从展厅溜达出来，罗艺一眼就搜索到了观望台下穿着打眼的恢恢，中式绣花小棉袄，瑜伽裤，配红色小马靴，背着简单实用的双肩背包，头发随意地盘在脑后，小小的身体，眼神坚定，整个人看起来又舒服又大胆。她站在人堆里高兴地看着街头小丑表演，和孩子们一起欢呼、鼓掌、接下岔儿。小丑走到她身边，她把老早准备好的两欧硬币扔进他的帽子，其实她是友情托儿，小丑是她的哥们兼老师，Pedro——葡萄牙人，心理学硕士，恢恢在互联网上跟她学习小丑表演，其实是学习如何快乐地活在这个世界上。

罗艺：你是怎么认识他的?

恢恢：在Youtube上无意中看到他去敬老院表演的视频，看完以后，我潸然泪下。他现在在巴黎一所私立大学学习表演，这次来卡塞尔看展览，每到一个地方旅行，他都会在那里表演。他发自内心的快乐、感受世界的方式和经历都给我很多启发。所以我决定学习小丑。

Pedro的表演只吸引了十个左右的人围观，虽然每个人都与他积极互动、非常开心，但对于职业小丑而言，从人数上来看，显然这样的演出并不成功。表演完毕的Pedro摘下红鼻头坐在地上和她们一起聊天，轻描淡写地描述着卡塞尔之行的小挫败——一直在等待雨停，雨终于停了，却始终没什么人看。他微笑着摇着脑袋，又乐观又无奈的样子。Pedro的女朋友在德国的一所佛学院读书，三个人聊了许多关于中国的话题，艺术、宗教、生活，同为80后的他是一个在精神上、知识上都具备宽阔胸怀和真实修养的家伙，甚至是超越年龄的认知，但本性终归是调皮的，他突发奇想地问恢恢和罗艺中文怎么说Shit，罗艺皱着眉头说："屎？"显然她自己也觉得这个翻译太屎太缺少气势，恢恢机敏地纠正着，应该是"操"，并示意Pedro应该一边比画中指，一边说"操"。

Pedro像认真学舌的天才儿童，迅速地领会了"操"这个字的真意，音调语气都恰如其分。他笑着说"操"，发音及其准确，听起来却像唱歌，三个人开心地笑作一团，周围的路人都被他们的笑声感染了，全都远远地、傻傻地含笑望着他们。那个下午罗艺切身感受到恢恢所说的"发自内心的快乐"，只要你真的快乐起来，你会发自内心地大笑，而你的快乐会无比轻易地就感染到周遭的人群，甚至是你根本就不曾相识的人。这层领悟，也突然让她敏感地想到眼前的Pedro，或许真实的他并不是现在所表现出来的那么轻松吧。想必今天的演出是令他非常挫败的，因为对他而言，表演并不存在技术上的失误，反而是更严重一些的精神上的挫败——是他的快乐没有感染到他们。后来恢恢告诉她，经济上的入不敷出也是一个原因，"很少的钱出行＋演出卖艺"是Pedro的旅行方式，他的德国之行持续冷场，直接导致的是刨除往返葡萄牙德国的路费成本，他的食宿和吃饭都已相当成问题了，所以不得不提前结束旅行，打道回府。

Pedro伸出大手，有力地将坐在地上的恢恢和罗艺拽了起来，一手一个，以一种温和绅士的酷，又滑稽又贴心地充满礼节。他由于囊中羞涩谢绝了和她们一起晚餐，直言不讳也非常体面。他离开远去的背影略有失落，但依然是个步履坚定的快乐大男孩，穷困让他潦倒，但梦想始终给他尊严。

人们常常只看到他们看得到的东西，比如那些很肤浅的懂事、友好、楚楚可怜、忧伤、亲密、正义、思念、不舍、照顾、喜欢、不喜欢、乱七八糟的脾气和摩擦……还比如快乐、不快乐，一双眼睛沉醉在性高潮般的假high里，看到的东西，美与丑，皆失焦。他们读简单粗暴的句子，受简单粗暴的教育，交简单粗暴的朋友，谈简单粗暴的恋爱，过简单粗暴的生活，发表简单粗暴的观点，沉浸在简单粗暴的惆怅里，所以，他们也从不懂——他们看不到的。此刻，Pedro的快乐没有写在脸上，他的快乐来自于他清晰的方向，即使他刚刚作了一个意识上非常不快乐的决定，但那些看不见摸不着的快乐，是真实存在的——在心上、步伐里、自我否定的失望下。他是快乐的大男孩，淹没在人群中眼睛看不到的快乐，透明但不易碎的快乐。自由的含义就是生活不需要为我们承诺什么，所以人有喜怒哀乐，是因为人有自由的灵魂。自由从来不是什么自由的生活，压根不存在自由的生活，做本分的事，本分，管好自己，仅此而已！ 在尝试中发现新的感受和美好的体验，因为有陈旧和不美好，所以全新和美好才显得更有启发性，心是打开的，越来越打开的，直到与宇宙完全融合。所以没有什么痛苦是真正的痛苦，都只是眼前事、眼前人、眼前的喜怒哀乐，而已。只有胸怀的爱是永恒的定力，而爱会越来越满，满等于完全奉献，等于一颗很大很大的心，它拥有不可思议的能量——本身的能量。

罗艺：Pedro是那种会带给别人灵感的人，他微笑的样子很好，那笑就是微笑，让我第一次觉得——一个人的微笑，远胜于字典的解释，那么平淡、没有感情色彩、礼节性、天然、安静、不装、没有目的性的笑。他总挂着一副笑嘻嘻的开朗样子，像一阵微笑的风，吹过来，吹走了，送你一份被净化的好心境，他自己惬意自得，也带领别人感受惬意自得。

恢恢：他身上有那么一股为了梦想不计代价的勇敢，虽然有很好的教育背景，却放弃了做医生、学者，选择过一种穷困没有保障的生活。在外人看来他的执著简直傻帽透了，但这都不能左右他选择做自己喜欢的事情，而在承受选择本身带来的打击时，他也没有去模糊内心最初的方向。其实支持他的恰恰不是执著，而是一种对快乐的审美——快乐就是要坦诚开放，不去对抗已经发生的事，不要耗费精力试图控制和反抗事物的自然发展规律，要保持乐观的情绪，全身心地投入。

罗艺：他是真正认真生活的人，把学到的知识变成生活的常识，有定力。并且他是个艺术家，可以把自己放在任何想放的处境里，然后忘掉自己，做好每一个样子的自己，无论变成什么样子，那个微笑的样子不会变，做人做得那么漂亮，让我总是想去闭上眼睛。

恢恢：今天刷盘子的时候，我一直在思考Sandra的酒话，她分析我内心里在算计时此起彼伏的那些微妙小机关，都一语中的。我就是太怕徒劳浪费了时间，然而对算计本身又没有把握，反而是在患得患失中把全部时间都浪费掉了，最重要的是我拒绝了感受生活本身，一味地沉浸在自己的小聪明和经验里，下午见到Pedro，现身说法的他也让我的小私念们彻底熄灭了。现在看来，那些唬人的小聪明、经验在生活巨大的智慧面前就是赤裸裸的光屁股小孩儿，太微不足道了。

罗艺：所以……你决定？

恢恢：我想我需要培养一下与自己内心的默契。如果我害怕什么，我就去做什么，只要它是心中原本期待去做的事情，我就要毫不犹豫地带上我的心去体验一场从害怕到不怕的过程，不应该把心只禁锢在一个永远止于同一层面的平衡里。我觉得我变笨了，就在我固执地算计、相信我该做什么的时候。可我们已经是二十六岁的成熟女人了，已经知道自己经历过什么，想做什么，在做什么，能做什么。而我能做什么就是不该再像以前那样过度地为自己搭建一个个紧凑的心理安慰和暗示，让自己生活在一片黑暗的猜测里，乐此不疲地进行着伪光明没完没了的心理活动，结果却选择了最笨的方法。

罗艺：就算失败也没什么，一个倒霉过的人而已，她会比从前更爱所有发生的一切还有明天的生活，因为她已经活在一个积极的良性循环里了。

恢恢眼光闪烁着，那是爱在眼睛里特有的神态，语调也因为情绪柔软变得娓娓道来：我约了Tim，就是我喜欢的那个男孩，一会他会来找我们，一起去周边的小城看城堡。

罗艺微笑看着她：我什么都乐意接受。

有些女孩是天生为爱而活的，令她们着迷的是爱情本身。她们总会遇到爱情，爱情是各式各样的，恋人的风格也各有千秋。她们博爱主动，所以一直活在爱里，懂得欣赏一片落叶，也会流连在一朵绽放的花朵面前。她们有选择性地辨别自己的所爱，也聪明狡黠地应对非爱的追求，爱与不爱都很自如。她们一段时间只和一个人交往，热烈投入且充满赞美，恋情结束时，亦会豁达并懂得感恩。她们感谢每一个恋人，但不会勉强维持变质的情感，牵绊彼此的脚步，爱是自由的，漫无边际的，众生平等的。恢恢就是这样的女孩，所以罗艺不会猜测素未谋面的Tim会是什么样的男子。他可以是任何一种男子，无从想象的男子，但都不会让罗艺感到惊讶，其实她是对恢恢的选择不会惊讶。对于一个审美上、感知上从不设防的女孩来说，她的爱、她的生命、她的艺术、她的生活方式都是无从猜测的。她活在变动里，每一秒都可能是发生改变的时刻，她在变动里寻找并学习安静，内心安静的那一刻就是新感知和智慧即将来到的时刻，爱是变动，把我们变成更可爱的女孩。谈恋爱，和谁谈？怎样谈？这都是灵感，爱是飞行的经验，灵性的行为。生活本是充满平淡与平凡，而灵感是打破平淡与平凡的决定性创造力。

当Tim第一次出现在罗艺面前并用中文向他问好的时候，他就知道这是一个看起来很乖、很容易让女孩开心，但一点也不乖的年轻男孩。他和她们一样年轻，有着美好的价值观，享受于变动，是个灵感焕发的家伙，但是他会把他的灵感献给谁，以一种什么样的方式，也是不确定的。有时，两个同样依赖灵性的同类凑在一起，反而会把事情做得很慢很糟，稀里糊涂。原本是轰轰烈烈的恋人，却偏要创造细水长流的曲折，他们有天雷地火的共鸣，却偏要忽视共鸣寻找差异。你知道，这是两个正中下怀的“坏蛋”遇到彼此时的小冷场和小交锋。年轻人的恋爱从来都不肯直奔主题，耽溺于共性过于苍白，他们高傲的心太不怕困难，所以简单的也会变成难的。他们有优越的灵魂，和太多的不害怕、不动摇。他们活在丰富的灵感里，却不能熟练地控制自己的思维和能量的流动，所以他们彼此折磨，以一种“非伤害”的方式，充满了念头，却不知道目的地。他们只是太年轻，认得出爱人的模样，却不能一眼就看到自己和对方的交汇有多宝贵。

Tim刚刚结束巴基斯坦的旅行，带回了具有民族风情的小礼物，他和好久不见的恢恢行亲密的欧式礼，和尚不熟悉的罗艺行握手礼，是礼节有度的男子。他有一辆别致的德产Polo，车的尾标被换成了“上海大众”的中文logo。

罗艺万分惊讶：你的车是中国产的吗？

Tim得意地笑：尾标是两年前在上海旅行时买的纪念品，车是德国产的。

他们以200迈的速度蹿上高速公路，坐在副驾的恢恢大呼小叫地责怪Tim的速度，引擎巨大的噪声带着车体一起震颤，给人强烈的不安全感，可罗艺高兴得已经流出了眼泪，车胎、齿轮、油门如此疯狂地配合运转都是她闻所未闻的声音情绪，像一阵突然袭来的骚动，她兴奋地说：快点！快点，再快点！

恢恢脸色苍白地回望她：闭嘴！罗艺。

Tim加大油门从200迈提高到220迈，仪表盘上的指针已然抵达极限，恢恢只好无奈地转回脑袋，一路都闭着眼睛。

很快，三十分钟以后，小镇到了，车速骤然慢了下来。

恢恢：你们都是疯子，我腿都软了。

Tim：睡美人，你闭上眼睛的样子很美。

他们开车上山，远看过去只是一座普通的小山头，盘旋曲折的上山路也被城墙包裹得严严实实，有限的空间里，只可以看到头顶的一小片天和脚下并不宽阔但树木林立的私人公路，历历在目的反倒是一些细碎的小感官——比如当年欧洲贵族在地势选择上拒人于千里之外的处心积虑，封建社会森严的等级制度由此可见一斑，但完全没有料到眼前景观马上就要豁然开朗，在这里，风景展示自己的方式是有节奏的。城堡依山而坐，居高临水，在它的迎面环绕着的是一大片望不到边际的天然湖，它被修建在山脊背面制高点的山崖上，正面一百八十度的范围都被湖泊完整环绕，只有在登上高点的一刻才会恍然明了，难怪上山的一路上都不曾瞥见过它的一砖一瓦，而从有限到无限的视觉经历都是被建造者精心设计过的布局。

城堡面前的湖，大得像一个谜，跃然眼前便一目了然，给人猝不及防的闯入感，但细看下来，恢宏中又带着饱满的禅意。刚好正是夕阳西沉的时刻，波光粼粼中，闪耀一片光明，眼睛里上上下下都被洒满光辉，祥和宁静充盈身心，建筑与自然、人与建筑、人与自然、人与人四重和谐，所有外化的语言在此刻都内化为沉默，多余的交谈只会打扰到人境合一的美妙。三个人都沉默不语，恢恢躺在石头上闭目养神，Tim漫无目的地插兜走路，罗艺遥望远方感受宁静的震撼，此刻，时间空灵人空灵，心头亦无烦恼亦无痛，亦无牵肠挂肚亦无我。俯拾即是的心境，是只有行在路上才好相遇的灵光，而之所以身在此处便是与奇迹相遇的缘分了。

城堡不是旅行手册上的景点，甚至没有太多可以参观的项目，它独立于周边的景致，自成方圆，完整美好，但相比那些庞大而又星罗棋布的景点而言，它显得太小而又脱离于便利的交通住宿，所以鲜为人知。大多数旅行者恐怕都不便于前来，但它存在于此，物我两忘，视通万里，意趣非凡，十足让人心动。这是罗艺长久以来的旅行方式，她不看旅行攻略，她不需要积累太多的风景和足够量化的知识，她需要感受，而感受应该是漫无目的、可大可小、可有可无、四面八方的，她习惯一个人旅行，有时也去见朋友，认识朋友的朋友，这是她遇到奇迹和意外的方法。是在不知不觉中决定离开，就像祷告结束，可以释然地离开神的保护，天已寄予心灵和精神足够的营养，他们六目相对，便一起走向了停车场，下山，再次返回公路，来到二战时期免遭空袭的小镇——汉明登。

前往汉明登的机动车需要停在城外的停车场，整个小城都是步行区，车辆禁止驶入，绕城一周的护城墙和塔楼持续发挥着它们古老的功用，将城内城外两种生活严格地区分开来。城很小，小到以步代车不会影响正常的生活，再路痴的人来到这里也不会迷路。它以保存良好的老街道老房子闻名，整个城市的格局都维持着中古时期的风貌，无论是房子与房子的距离，还是街与巷的尺度，都只是几个手臂的距离，在这短短几个手臂之间，小城的历史感鲜活而饱满地存在着，久远但如此亲近，厚重却并不深奥。

在商业街广场，几十位老人组成的街头唱诗班，唱给神、唱给自己、唱给逛街的人们。Tim说这其实是四邻八里老人们的据点，很多老人居住在附近的其他小镇，他们会定期以这样的方式聚在一起。不同于大城市的商业街，汉明登的商业街没有目不暇接的品牌店，更多的是提供休闲聊天的餐厅、咖啡厅、冰激凌店。老街道是古旧的石头路，细细长长，但灵活变通，七百多座中世纪的木结构老房子紧密有序地成片布列，颇为壮观，小中错落着精致，所以也绝不小气。

因为年代久远，有的老房子已经歪七扭八地呈倾斜状，简直就是危房，但里面的人们仍然生活如常，很难想象他们竟然可以如此安心度日，不惊不惧，或许是与花鸟鱼虫、食物香气共处一方，他们的神态都格外安逸自在。不同于久负盛名的童话王国卡塞尔，汉明登的童话气质是融入日常生活的，空气里都弥漫着童话小木屋的气味，耳濡目染，感觉无比真实，加之三河交汇的优越地势，水域环城，泛着梦幻，山脉为它敞开，河流为它合拢，沁心入肺，回味无穷。相较之下，卡塞尔是在规划上精心打造的童话博物馆，人为的设计淡化了刻骨铭心的原汁原味，现代化的城市生活也让王国的内涵多少有些折扣，视它为梦工厂或许更为恰当，它制造童话，盛产童话，童话流于绿野仙踪的自然风貌之中，是童话的根据地，却并非拥有真正的童话式生活。

罗艺跟在Tim和恢恢的身后，他们一个高大一个娇小，是两个带着梦的背影。她听不到他们的交流，但看上去应该只是些没有结论云淡风轻的小讨论，Tim会时不时地低头侧望恢恢的双眼，目光暖而温柔，他们是互相牵引的，却又慢慢进行着一场舍下进度的预热，其实各自都是有很深保留的，大概是久别重逢的矜持，让他们的亲密与疏离无法自然彻底地交替转换，心中虽有各种微言，但轻重无准，不提也罢，他们正在重新测试自己的心意，却又忍不住要倾听对方更多，猜测、测试、倾听、验证、再猜测、再测试、再倾听、再验证，如此往复，真是奇妙幸福的纠结。手里拿着双色球冰激凌圆筒，走走看看，他们很快就逛遍了每条街巷。德国是深受海洋季风影响的国家，即便正值盛夏，也凉爽宜人，而夏天的白天又总是很长，身处其中早已忽略了对时间的精掐细算，就这样一直惬意自顾地赖在路上吧，赖在不用脑子的信步里，跟随着两个不知所云你侬我侬的可爱家伙，无比舒适。

Tim：我们计划趁着天黑之前，再去看一个小村庄，叫Deute，那里全部都是新盖的房子，然后回卡塞尔吃晚饭，怎么样？

罗艺：好主意。

Tim是一个组织能力超强的人，倒不是那类当领导、当统筹所谓“角色扮演”非常初级的组织能力，而是那种把不起眼的生活碎片搞得有声有色可以串成美丽片段的组织能力，半天的旅行被他安排得满满当当，一团灵气。在前往Deute的路上，罗艺得知他是柏林人，白羊座，二十五岁，艺术系学生。他有一张非常孩子气的脸，戴老气横秋的金丝框眼镜，对外貌衣着丝毫不讲究，不说话的时候，看起来很理工，是中国标准好学生的样子，只是无论怎样平凡不起眼的老实皮相，也挡不住骨子里才华横溢的锋芒。他并不木讷，有一双朝气过人的眼睛，洋溢着新思想的冲动。他开口说话的时候，思路清晰，表达精准，体现出强硬的逻辑，但这不会影响灵感照旧喷发得七上八下，不受约束支撑得住最冒险的梦想。他乐观简单，不耽美不闲愁也不拜金，并非是真的没心没肺的愣头小子意气，相反是具有优越生存意志和活力的人，细腻大胆，人格明亮。对于这样一个可以一无所有地把生活过得超级有意思的男孩来说，谈场令女孩们欢天喜地的恋爱可谓胜任有余。

总之，就是这个臭小子，让那个鬼马机灵审美刁钻的女孩恢恢也临崖立马了，她的精神世界严重需要他的羁绊，她的怀疑主义在Tim面前变得愈加丰富激烈，而他在山脊上行走的精神也驱使她的热情渴望慷慨打开，毫无疑问，如此年龄性格阅历的组合，他一定会是个荷尔蒙过盛的危险男孩，却偏偏让她产生斑斓星辰般化学反应的灵感，是那灵感填补了她心理上某块从不曾被开发出来的安全感，她好奇他、惦记他、爱不释手他，因为她太淘气，流连忘返在奇迹里。爱情从来不是完全盲目的，尤其是恢恢这样的女孩，有着聪慧灵女的控制力，有欲望但不会太欲望。有时我们的生命力需要睁一只眼闭一只眼，用盲目来适当保鲜，当然前提是如果那盲目可以给你干柴烈火又真善美的灵感，所以她盲目下意识地迎接了他源源不断的奇思妙想，更自持地克制着自己纵容欲望的歹念。而那个棋逢对手的Tim又何尝不知道这个东方小女孩是个怎样心性的女子，他喜爱她、着迷她、感应她，他出招，却不知道如何才可以拥有她，他是否需要拥有她呢？他们需要彼此，但都不急切，他们在等待一个权威的感觉告诉他们心的方向，而过早地沦为激情的奴隶实在不符合两个人的审美。这是一场游戏，多方较量的游戏，它才刚刚开始，他们了解彼此相惜的精神，却还来不及信任对方和伤害彼此，所以一切仅仅止于小小的精神层面，这份相惜还不够大，大到淹没掉他们全部的孩子气，美妙的是，此刻，他们都知道那是份带着尊重的爱，甘甜雨露的小心翼翼。

对于罗艺，和这两个天真烂漫的家伙出行是大有裨益的，因为在她内心表面多多少少蒙了一层环境悲观主义者的神经衰弱，其实内心深处她是一个健康积极的人，也敏感于健康积极的气场。比如她的悲观是她觉得交流是没用的，爱情是没用的，她习惯于倾听、观察和自言自语的孤独，但也长期生活在自问自答的精神痛苦里；她的乐观是她喜欢即兴的生活，然而事实上，容她即兴的事物也非常有限，她生活在她的环境里，个人的际遇和作为，甚至叛逆都被设计在大环境的尺度里。被设计的生活，被设计的真情实意，被设计的表达，被设计的荣誉，被设计的自由，始终都是不能说服内心的，设计局限了人味儿和感觉器官客观感知事物的能力，而良性美好的生活状态，在她看来本应该是创造人味儿或者深挖人味儿的发明，可对于一个生活在讲究论资排辈环境里的年轻人来说，手里永远挤不出属于自己的时间，则是普遍的事实。她喜欢恢恢和Tim云淡风轻的小爱情，他们的爱情是一项发明，不管解答的过程是多么的不成熟和漏洞百出，都是一场名副其实身体力行的倾情参与，而这些都给予罗艺修复重整自身战斗力的灵感。她只是人力微弱了，缺少突破点或者一臂之力，而希望还在，一直都在，它只要她信任它，不计代价地信任它，贯穿心底地信任它，动力便会自己跟上，因为这里不存在选择题，说到底，是要活出生命感的价值来，而生命感和你遇到多少心结冲突没有关系，多多少少没有区别，质地都是一样的。

Deute是个不大的小村庄，几十栋一模一样的独立三层小楼，都是建于20世纪90年代初期的典型德式节能型房屋——坡地别墅。白色房身红色屋顶，与自然共生，置于大面积原始本真的生态绿境之中，红白绿——三种无比寻常颜色的简单运用，提炼出和谐、抒情、安适、有弹性的家园感，坡地别墅——不是盖在建筑用地上的房子，而是盖在环境里的房子。从公路眺望散落在田野里的村庄，貌似它们只是一座座拥有大屋顶的平房，每家门口都会热情堆放着各式各样装有色彩斑斓花草植物的小花盆，安宁中流动着生动朴实的生活气息。而进入村庄内部，近距离了解“平房”们的真身之后，才发现“平房”的玄机就藏在它们的侧面和背面。从侧面看，只有一层的“平房”其实是两层的楼房，正面看起来只是大屋顶的部分，在侧面敞开起一排专属于二层的醒目窗户，使它作为阁楼的功能一目了然。有趣的是，在绕到别墅背面之后，两层小楼就又变成了三层小楼，正面的一层，这次成了背面的二层，并拥有宽阔的大阳台，而背面的一层其实是在正面作为地窖被嵌入坡地隐藏起来的空间，它隐藏于正面的地下，但于背面浮出地面，是落于土地之上的标准一层，惬意的是在它的门外还直接引入了一片生机盎然的私人小花园。在这小小的独墅里，人们可以充分体会到建筑结构与环境活生生的互动过渡，既不破坏坡地本身的环境特点，又在房屋结构材料上体现出环保节约的设计巧思，是实用与浪漫相得益彰的美好建筑，整个村庄都是一件观念性与变幻感同在的完整作品。

全村共有二百名村民，由于年轻人都更愿意去大城市工作，仅剩下两户人家仍以务农维生，一栋小楼住一户家庭，老年人的生活格外清闲，Tim在这里租住了一间阁楼，每天驱车二十分钟就可以赶往卡塞尔的学校，少了城市生活的热闹交际，这里的便利与宁静，提供他安心创作的空间。房东是一名退休警察，有一儿一女，儿子在柏林工作，女儿已经出嫁，终日与一条年迈的十二岁巨犬相伴，在与罗艺恢恢行握手礼的时候，罗艺感觉自己的骨头都碎掉了，他使劲干脆的发力，是老警察硬派耿直的好客作风。老先生热情地领着罗艺恢恢参观上上下下的所有房间，他的家温馨且一尘不染，以古朴的老家具为主，用大量的木材、毛皮、油画、瓷器做装饰，家装上都是典型的德国民居样式。他在这里住了近二十年，但阁楼上有一个房间始终不曾装修，还是毛坯房石灰墙体的原态，老先生解释他家没有太多人，这个房间一直也用不上，以后有了闲钱再装修。老先生说得头头是道，其实在罗艺和恢恢眼里，这只是德国人世界第一名的节俭意识，富而不奢是这个国家的全民习惯。

突然冒出一个声音：“喳……”是Tim换上了龙袍戴着小辫帽和恢恢罗艺行中国抱拳礼，“这是我从上海买的，怎么样？”

恢恢哈哈大笑，用中文说：真傻，傻老外。

Tim：你骂人，我听得懂这句。

Tim的房间乱七八糟地堆放着他的各种作品，实在五花八门，不只是画，还有很多手工作品，他用的椅子、桌子、柜子，甚至自行车都是用捡来的废弃材料自己做的，非常有创意，美观且结实，他打开冰箱，拿出七八个瓶瓶罐罐，这是他最近的试验品——自己配置的泡泡胶，目前正在尝试颜色的控制，他试了两个蓝色泡泡和红色泡泡，分别送给罗艺和恢恢，两个女孩轻轻松松就被他哄得合不拢嘴。

罗艺冲恢恢眨眨眼睛，示意她这小伙子不错，送给她三个字：把握啊!

恢恢：丫就擅长玩暧昧的。

罗艺：你也是。你俩凑一块了。

当着老外的面说中国话就这点特过瘾，什么秘密都可以放声交流，反正他们听不懂，再纠结的事儿经过调侃这么一加工，也变得嘻嘻哈哈，一笑而过了。

罗艺：他以前的女朋友什么样?

恢恢：比他大很多，但很性感的那种女孩。我觉得他喜欢性感的。

罗艺：性感是欧洲女孩的特点，咱们东方人的审美看谁都性感，所以这也不重要，除了性感呢?

恢恢：不，是那种性感中的性感，很性感。

罗艺：哈哈哈哈哈，那你完了。

恢恢：闭嘴！我很知性。

他们在田野里骑自行车、追跑打闹、互相诋毁，一个男孩，两个女孩，其中一对有些小暧昧，空气是甜的，一切都很电影。

这是罗艺在卡塞尔度过的最后一个晚上，Tim带他们吃了一顿丰盛但并不太符合中国人胃口的晚餐，很多当地艺术学院的年轻人都喜欢来这家餐厅用餐聚会，他们三五成群七嘴八舌地聊着他们的生活，全世界的年轻人都一模一样的满肚子疑问，渴望敞开心扉的交流。

罗艺：你们德国人简直太不会吃了。你吃得惯中餐吗？

Tim：特别喜欢。

恢恢：他们吃个菜叶子面包都特美，所以可想而知，要是吃顿中餐那简直太美了，这儿的中餐都不正宗，贵，但也很受欢迎。让你说的，我都想家里的饭菜了。

三个人一晚上的谈话都是轻描淡写的，罗艺明天就要离开，恢恢完成明年学业之后就要回国，Tim下个学期作为交换学生将要前往俄罗斯的圣彼得堡美术学院学习雕塑，纵然千丝万缕的小忐忑都是呼之欲出的，但他们闭口不谈，这样背景下的三个人无法将话说得很透，于是他们的话题围绕着柏林和北京，那是两座他们共同热爱的城市。

理学。

罗艺：Tim穿红的话，我想象不出来。

Tim淘气地说：我穿红袜子。

恢恢大笑：没错，假天真就是你的风格。

有的恋人很奇妙，他们可以一直不触碰他们之间关系的话题，也可以在其他的话题里一直聊得翻云覆雨，那些契合的人不仅仅只是合适在一起而已，他们可以在一起，也可以不在一起，只是再也没有另一个人可以和他如此交谈。也许在一起不仅仅只是灵魂契合就可以成立的事情，而那么多灵魂不契合的人也可以顺风顺水地度过一生，失去拥有或者彼此对峙都只是一念之差，他们对彼此好一点或者坏一点甚至都没有区别，在一起有在一起的事情做，不在一起有不在一起的事情做，而最忧心忡忡的感觉只产生在“在与不在”之间，他们确定对方的心意，却不肯开始，因为他们都更爱自己，不肯给对方一个放下一切的怀抱，因为他们都更爱自己，他们都不知道如果他肯放下一切，对方一定会泪流满面，他们都更爱自己，泪流满面简直是他们无从想象的事情，他们甚至一点也不了解自己，以为自己可以坚强地活在怀念和相忘里。他们都那么骄傲不肯把对方当作自己的救命稻草，那是难以想象的否定自我，他们还都那么那么年轻，孩子一样的浑身清洁和一塌糊涂，人在年轻的时候总是注定会失去什么的，可能是一个人，可能是自我，也可能两者皆是。

罗艺：我在柏林逛唱片店，发现排行榜的所有唱片都是小众唱片，CocoRosie之类的居然排名前三，而且柏林人口味太庞杂了，唱片分类做得超级细，从民乐、古典音乐、小偏门到大pop，什么都有，现在全球唱片都卖不动，柏林的唱片店要排队交费。

恢恢：柏林人还是相当有品位的，他们独立思考，拒绝传媒和垃圾文化对日常生活潜移默化的影响，没事不爱上网，交流会见面交流，不看电视，喜欢看书。而且由于二战战败国的身份，他们也都挺收着自己的，非常低调。

Tim：郎朗最近在德国挺受欢迎的。

罗艺：是的，柏林满大街都是郎朗的广告。

Tim：我喜欢椎名林檎，恢恢推荐我的，她唱德语歌发音很准。其实年轻人有时也不买唱片了，大家会把自己喜欢的音乐拷来拷去，恢恢还给我拷过一张窦唯的《山河水》，太好听了。

恢恢：才发现自己已经到了可以解读窦唯《山河水》的年龄。联想这些北京爷们儿落定的沧桑，不慌不忙地引燃一辆汽车，然后到局子里和警察空谈过时的愤怒，回家作首曲子歌颂晚霞或燕雀。听了这样诗人范儿的北京男人的音乐，我就想家了。

罗艺：音乐是和人的生命体验结合在一起的，比如我以前从来不听交响乐，但到了德国，一下子就听进去了，大片的植被、纯净的空气、大城堡、博物馆、河流、森林、老房子，还有德国人硬邦邦的面孔，古典音乐就是从这样的地方长出来的。还比如我以前从来不听口水歌，但在从怒江回昆明的长途大巴上，我和一群少数民族朋友在一起，车开了一夜，我们就睡在车上，天亮了司机开始放《老鼠爱大米》，那首歌从很劣质的汽车喇叭里传出来，还是磁带，我当时就哭了，看着窗外的景色和你鼻子里闻到的人的体味混合在一起，我顿时觉得这歌太好听了。还有前段时间张楚在北京开复出演唱会，在一个特别小的live house里，说来有点凄凉，你说他影响了那么多人，但是他就是只能在一个几百人的小live house里复出，那天挤满了人，好多人想进，进不来，一堆三四十岁的人跟着他一块唱。你还记得初中的时候咱俩探讨张楚《孤独的人是可耻的》吗？咱还研究呢，孤独的人是可耻的什么意思啊？不通啊，那天他唱"姑娘不该是肥皂"，小时候我从来没留意过这句歌词，因为听不懂，但就是那个晚上，他唱这句话，我就觉得我的心被撕裂了，我就想你喜欢他那么多年，从那么点的小孩就开始喜欢，但是等你长大了，经历过一些事情以后，你才终于明白他在唱什么。你长大了，他老了，时间用了那么多，我们才理解了那么一点点，一句歌词而已，时间和成长的代价都太沉重了。

恢恢：姑娘不该是肥皂，这话说得真好。可以解释一切乱七八糟的感情问题，哈哈哈哈。

Tim：小伙子是洗衣机。

恢恢：你看看他思想多坏。

罗艺：可以解释一切乱七八糟的男女胡搞问题。就是因为有你这样的洗衣机，洗投甩，全自动。

Tim：姑娘不该是衣服，如果姑娘是洗衣粉的话，小伙子就是洗衣机。我们一起洗投甩，全自动。

恢恢指着自己的adidas外套问罗艺：你觉得我这件衣服怎么样？

罗艺：特复古。颜色也正。

恢恢：这是70年代产的。

Tim：我们俩上次去柏林玩在垃圾堆里拣的，可惜是童装，

进去。

罗艺：北京现在也有二手衣服店了，其实很多二手衣服就是挺

不过得淘。

恢恢：我这可是纯淘出来的，哈哈哈哈哈（透着鸡贼范儿成功

开心欢笑）。我还给Sandra也淘了一件，我告诉她垃圾堆里拣的，

不在意，很喜欢，非常适合她，是条红色的连衣长裙，我帮她改了腰

罗艺：可以想象，Sandra会把红色穿得很漂亮，她是那种火热的

Tim：你们也适合红色，红色很中国。

恢恢：一说红色，我就想起《劳拉快跑》里劳拉那一头红毛。

么漂亮，但是很酷很年轻的女人。

罗艺：说来挺奇妙的，都是红色，但感觉完全不同，格林兄

塞尔写的小红帽的故事吧，小红帽是纯洁天真的红，和白色一样纯

白色还天真。

恢恢：还是人本身的气质折射出不一样的心理反应，人穿颜色

罗艺：Vincent Gallo在《水牛66》里穿了一双红色皮鞋，那红

伤孤独，完全是他本人的气质。

恢恢：Pedro估计能把红色穿出各种不同的感觉，他是演

Chapter4.

法兰克福　华丽的邂逅

这世界上有四个地方拥有尘世最多的告别，而告别，总可以把人类的情绪发挥到极致——火车站、飞机场、太平间、火葬场。

在这四个地方流下些眼泪，抑或看到周遭的路人声泪俱下，都是再寻常不过的事情。离开一座城市用上几小时到几天的时间不等，离开一个人用上几秒钟到一生不等，有些过往，有些人往往只在告别的时候才懂。在卡塞尔火车站，罗艺坐在车厢里，把全脑的细胞都集中在和站台上的恢恢挥手这件事情上，使劲地挥手，某一刻，人的大脑会专心地只做一件事情，那一刻，她懂他们彼此的艰辛和与这个世界的孤独对峙。七天的旅行，用一整天的时间画上句号，一个人，坐上一早出发的火车，几小时之后，来到法兰克福机场，又用去几小时，等待飞机起飞的时刻。一路舟车劳顿，过程缓慢冗长，却时时刻刻都近在眼前，人始终清楚的是结果——启程、离开，结果倘若是最清晰的，那么情绪也会是最清晰的。归根到底，人是七情六欲的动物，拥有七魂六魄，与记忆过往纷纷繁繁拉拉扯扯，浮生忧患之中，眷恋与怀疑同在，悲与喜交替，主观客观、是是非非、深深浅浅都难得清晰一次，这一路腻腻歪歪着，下一路真假难辨着，所谓宿命就是，人必会被彻彻底底生吞活剥地卷入生活，结果不可预知，于是情不自禁地犯错，四分五裂地走着看，并在最后一刻收获全部的遗憾。

法兰克福机场享有全欧最美丽机场的美名，也是欧洲空中交通的重要枢纽，在这样的机场打发时间是件不难的事情，娱乐购物休闲设施都丰富完善，甚至旅行手册都会把它当作特色景点，重笔描述上几页。与其一头扎进精彩纷呈刺激消费的噱头里，罗艺更乐于好好看看熙来攘往的人群和落地窗外的蓝天大飞机，她是一个占有欲物欲都非常淡泊的人，还是一个对告别以及人心都格外敏感的人，所以机场是一个永远给她感觉的地方，她找了一个安静的角落坐下来，思绪就会了无禁忌地自己走出来。

有时候这个世界很难以想象，人们的确很难在机场遇到形单影只的旅行者，也许所有形单影只出来旅行的人都习惯坐在角落里吧，他们手里会做着类似的事情，和外界保持距离，他们像空气一样无处不在，不说不笑，仿佛并不存在，这时他们的相貌都已经不能作为他们存在的标志了，哪怕是一张貌美惊人的脸，也会被氧化在空气里，失去原本的面目。飞机场是个奇妙的地方，太平静的面孔在这里会自然而然地变成隐身人，光天化日之下，独自美丽的人都是黯然失色的，那些悄无声息太个人化的姿态，注定要在某些场合会被忽略不计，偶尔在你的面前会看到一个和自己一样一个人背包出行的人，可看到他就像照镜子看自己，所以既不会想要多看上自己几眼，也不会好奇他是一个怎样的人，他们的故事都发生在各自的路上，终点线上的种子选手们，心情都是如出一辙的。目及四下，反而是些相伴出行的人，各有各的故事，情欲和心思都被浓浓烈烈地雕刻在了他们的脸上，他们的故事是正在发生着的故事。

比如那些站在机场出入港前的人们，有的焦灼，有的神伤，焦灼是接机的，神伤是送机的，而他们的焦灼和神伤又是五花八门的，有深有浅，各自不同。出港是起点，入港是终点，送机注定比接机多了层考验，只有在告别的时候，才有来不及说出口的千言万语，从他们的表情你会知道谁在咽泪强欢，最终也不曾表达，于是有人白白受苦地离开，有人白白受苦地留下，遗憾的是只有第三个人清楚地了解他们到底发生了什么，甚至只是一个陌生人，那么剧烈的表情就明摆在他们的面孔之上，可他们自己却看不到。人总是最迟钝于感知最爱的人和自己的内心，他们把最后的赌注压在对方身上，渴望对方懂得自己，懂得自己的隐忍，懂得自己的含蓄，懂得自己的脆弱与不放松，他们面对面，如此之近，却看不到彼此的痛苦，幸福与不幸福之间，往往只差一句最简单的交代，而最简单的话总是最难说出口的，但也简单到不过仅仅只是技术层面上的难而已，如果他们知道说与不说存在很大差别的话，事情或许会是另外的样子，甚至那都不叫峰回路转，只是还原出他们感情的本来面目。爱是最高级的灵性互动，不互动不灵性不时时刻刻都难以信其为爱，再深再真实的爱也会在信与不信之间逐日变淡，直到最后消失。

也有人是会在最后一刻凝聚勇气，做一次打破沉默的人，可并非灵光乍现真的让他们领悟到什么，他们说出想说的话，只是逞匹夫之勇罢了，或许此刻言和，峰回路转，他们如愿以偿，只是爱，依旧是糊涂的爱，那不是果真的冰释前嫌和解除瓶颈，总之生活里的难言之隐会一直一直招致应接不暇猝不及防的现场感，所谓风平浪静是我的心放在你那里，而我还可以口无遮拦地告诉你我的任何感受、男女永恒的差异是男人的脆弱从来不是女人的脆弱，而女人的脆弱从来不是男人的脆弱，女人是水，男人是火，但敞开心扉，水火同源，天生的配合、灵魂的契合都不足以构成幸福的全部，非凡的全部是在鸡毛蒜皮中成就幸福。那些从不曾说出口的千言万语，只是让我们在自虐中伤害他人，并永远失去他人。而爱不是临危之际的一股勇气，爱是面对人与人之间永无止境的差异，你的底线有多少，爱有多少。

眼前那个韩国女孩微笑着和她的恋人挥手告别，在他们转身各自迈出五个坚定的步伐以后，女孩迟疑地转过身，然后迅速跑过去，抱住她的恋人，大哭于无声，全身的神经都在抽搐，脸埋在男孩的肩膀上，短短几秒钟，所有的心理防线一都一决一堤，男孩扔下手中的行李，也卸下了心里的石头，他的脸靠着她的脸，抚摸着女孩的头发，他带着她轻轻摇摆，像一首摇篮曲，他小声地在她耳边说着什么，女孩慢慢地平静过来，点着头，他们站在距离罗艺三十米远的地方，她托着腮静静地看着他们，行李就横七竖八地扔在脚边，感觉像是刚刚喝过一瓶红酒，那画面太让她动容，同时也非常迷离，她不得不去相信有时候爱就是一个抒情的转身，而这也让她觉得自己的人生观多少有些缺失，因为她是一个从来都不回头的人。她突然怀疑自己是那种被某种甜的思想惯坏了的女孩，在感情上。惯坏了的女孩会对很多事不敏感！不珍惜！假如有个互相很喜欢的男人摆在面前，无论他多优秀，也不会敏感到去贴心地化解对方的尴尬之类的，她就觉得那是男人们应该自己处理的，女孩太骄傲就骄傲到连自己的位置都没有了。她想起过去的A，他机智能干，自制地生活，但他们没有看懂彼此的心，她不懂自己太骄傲，他也不懂她只是太骄傲，于是他们把一切搞得一团糟， 他们选择在工作中意淫，或者听听音乐，看看盗版DVD，小小的想一想今天看到的美女帅哥，然后乐一乐，美一美，忘记了，女孩打算找个宠自己的男人要特别特别甜的爱情，男人则想找个不那么能折腾的，静静的女孩儿，所以就都看不到对方，其实何必要求对方做到那么多呢？爱，可爱却变得很艰难，男人误以为女孩太难伺候，干脆在心里断了心念，女孩认为自己更需要一个英雄气概的男子，对爱情敬而远之，其实谁的内心不需要这样的东西，爱，都需要。她想到那个她从不曾爱过的B，她同他约会如同执行任务，可她却差点和他结婚，那时他甚至一无所有，她只是绝望，绝望这世界上是否有爱，她给他爱，只是叛逆，以为自己并不需要爱，不爱，所以要自己写剧本表演爱，他们戏剧性地开始，并戏剧性地结束，太愚蠢而不值得一提，在之后的两年她从不曾恋爱，爱变得谨慎而不可知。是在此刻，她想其实真正的爱在于和谐，善待爱人，和谐和谐，从不需要征服谁。

欧洲的云，变化多端，法兰克福机场采用整体玻璃幕墙的设计，大面积的落地窗，可以随时捕捉窗外云彩的流动，四面通透的硕大视野，可以观看到完整的滑翔过程，飞机是如何从远处若有似无的小点变成近在眼前的大飞机？置身其中，墙不再是墙，而是一面魔幻的界，它透明地将空间内外从功能性上明示区分开来，也使内外风景遥相呼应，彼此重叠，在这个偌大的充满流动的空间里，充斥着流动的人，流动的场景，流动的云朵，流动的飞行物，每一次流动都会滑出一尾动人心弦的韵律。原本罗艺并不喜欢大肆采用玻璃作为素材的建筑，人被笼罩在单调的光感里，四面八方都是光口，便感觉不出光的变幻和沐浴，但在法兰克福机场，她第一次深切感触到这种材质赋予建筑在精神层面上充盈希望的“环境感”和“移动感”。这是一座讲述移动、发生移动、透过捕捉移动让移动交相环绕，运用了大量的移动雕刻出来的建筑，假如你不曾刻意驻足，只是偶尔一瞥，也会不由得想去深深凝望上片刻，“移动”在这里形成一场巨大的交配，无时无刻，绵绵不息，分不清是风景在移动，建筑在移动，人在移动，或者仅仅只是心情在移动，一切都在移动，它通透，给人幻觉，它到底容纳了多少比例的旅者或者回归者？不得而知。他们来到这个地方，离开这个地方，有人意兴阑珊，有人踌躇满志，有人浑身是胆，有人平平淡淡，有人意犹未尽，任何一种姿势都是他们真切生活在各自生命里的轨迹，而生命便是一场切身不止的移动，移动伴随未知和不安。所谓幸福的建筑，如同透视，会让人萌发深刻而公平的灵感，去看待无常与失去的痛感，幸福的建筑都是悲天悯人抚慰心灵的精神力作，哪怕你正在饱尝生活十足的悲剧，心底潜伏着无数难以表达的意向与诉求，但当你站在它心脏的那一刻起，所有紊乱的经历经验都会凝结成一个声音，它只有两个字——不怕。

一个中国旅行团经过她的面前，他们统一戴着一顶印有旅行社logo且无比劣质的红帽子，手里拎着免税店购买的战利品，在落地窗前聚作一团合影留念，从口音上判断，他们来自中国南方，有老人小孩中年人，以三世同堂的家庭为主。让人不解的是，所有中国旅行社都会把帽子做得异常难看，而游客们也从不介意，甚至在照相的时候也欣然戴着一起留念，这大概是所有会一起出行的三世同堂家庭的共同特点，他们对生活要求不高不低，本本分分安居乐业，朴实地经营亲情、消费以及存款之间的关系，便是他们生活的全部，一顶帽子浓缩了他们温吞吞的性格和处事态度。外国人不会懂此刻他们集中扎堆在落地窗前，热热闹闹、大嗓门地说话就是他们活在这世上不多的放肆之一，而偶尔的放肆也是被圈定在和谐统一的条框之下罢了，归根结底，都是井然有序、生活在约定俗成之下的民间百姓而已。罗艺拎起行李，将座位让给其中一位老人，老人甚至没有对她表示出任何谢意，一屁股坐在椅子上，便忙着召唤远处的小孙女快点和自己坐在一起，被当作透明人的罗艺笑一笑，默默地离开了，这是她再熟悉不过的中国式礼仪——薄情不言谢，但在这片异国的土地上，反而可以多出一份不同于往日的理解，她释然平静地问自己：他们真的是自己的同胞吗？是的，他们是，这是他们全部生活经验以及接受到的所有教育所能让他们做到的最好，要仅仅凭着一份寡意便去判断一个老人的善良与否吗？尤其是一个中国老人，他们从那个乱世中活过来，一生不曾受过良好的教育，他们的前半生在饥寒交迫和轮番动荡中度过，他们最珍惜的人便是他们可以珍惜的所有人，他们的爱太过真实激烈，只够分给他们眼睛里看得到的人。

大部分中国人都生活在沉重的人际关系里，自缚在关系里的人，眼睛里可以看到的人情事物总是有限的。北京人是例外，北京人遇到北京人总是格外亲切，倘若来自同一城区更是亲上加亲，即使原本他们并不相识，但他们拥有相同的人生观、价值观、生活习惯、语境、对过去的记忆以及对美好的定义，当然还有乡音和各种岔来岔去的俏皮话，这些都足够他们信赖彼此。北京人有很强的精神特质，这个机场里，谁是北京人，看一眼就知道，他们不说话，仅仅只凭背影，就能把他们从人群之中分辨出来。那个趿拉着两条腿不慌不忙晃着膀子走路的男孩一定是北京人，从衣着上也可以看出来，北京人穿衣服随意没有风格，但五花八门注重细节和个性，如果他衣服样式不扎眼，但在图案印花上有些不做声张的设计感，很有可能他就是北京人。而北京女孩通常走路带风，甭管多娇小，也是女侠范儿，当然北京也有大家闺秀，她们亭亭玉立，但总比其他地方还要多份硬气。

北京出文艺青年，大多都是一副糙且不顾一切的破样子，内心虽也细腻，但不会把不得志的弱不禁风写在脸上，他们不渴望和全世界分享他们的忧伤，他们习惯自己解决自己。北京人擅长自毁，苦心经营多年的成绩，可以在一夜之间一笔勾销，他们不需要成绩给自己打气，但总需要可以说服内心的新生活，喜欢冒险，尤其理想主义，在他们粗线条的神经里，吃得起亏也输得起，不会太长时间地耽溺在从零开始的担心里，不是他们真的不担心，而是他们总需要让灵魂去真的面对承担起什么，才会感觉到精神的成长和存在，这股生猛劲儿写在他们的眼睛里。

北京人是喜欢遇到北京人的，目光交错中的一点点相通，对于他们的精神漂泊来说，都是一种感动和栖息，而这样的交流，甚至完全可以不是一场语言交流。那是罗艺第一次遇到林童，在法兰克福机场的候机大厅，那个女孩和自己穿一样的布鞋，并把一件真丝黑旗袍穿得很美很舒畅，她的模样气质与衣袖暗花融于一体，水乳交融意味深长，绝不是简简单单的精致扮相与表面功夫，也不是《花样年华》中苏丽珍小姐无懈可击但多少有些矫揉造作的完美旗袍秀，眼前的这个女孩显然是一个喜欢旗袍并非常懂得旗袍的女孩，穿旗袍，穿出的是细腻的心思。她随身带了许多行李，满满的一手推车，但这并没有妨碍到她的优雅，她很年轻，不着粉黛，也没有饰物，拥有二十几岁的皮肤，留三齐联娃娃发式，头发乌亮散发着几分活泼，她与一群人一同出行，那些同龄人打扮摩登，风流倜傥，独她一人有张有弛，如此特别，不浮不躁，美漫在心头，她目光平静随和，淡若止水地倾听着同伴们的交流，但寡言少语，若有所思，对每一个人微笑，就是她参与其中的方式，七分清醒三分自如。想必她既不会是一个矫饰难取悦的大小姐，也不是一个有板有眼墨守成规的人，有时她把脚蹬在行李架上，有时又把肘搭在扶手上，顺势托起脸颊，总之她会时不时地掉换各类舒服的姿势，把端庄内敛的旗袍穿出活物的光泽，随意轻松也不拘谨。有几次，她和罗艺的眼光撞到了一起，那是一种相互抱有好感的眼神，他们都托着腮，认真地看着对方，也看到对方正在看自己，且两个人的看同为一种阅读似的看，她们在看，更是在阅读收集对方身上的气息，她们都很喜欢对方，是的，她们已经辨别出彼此的北京人身份了，经过几轮目光的离开再交会，她们一同向对方致以了一个赞美意味的微笑，那微笑似乎在说：

你好，陌生人。

就这样漫无目的看着周遭的人群，罗艺挨到了起飞时间，十一小时以后，她将抵达北京首都机场，现在她有些烦躁，做了短暂七天的可爱女孩，但眼看着就又要变回那个她再熟悉不过且面目无比可憎的自己，百感交集中使劲磨蹭着，她跑到吸烟区抽了此行身在德国的最后一支香烟，静静地和即将结束的旅行告别，短短一支烟的时间，四架飞机在她面前完成了起飞降落，它们利落起飞或者稳健抓地，无论是离开还是抵达，机身都始终保持着优美准确无误的弧度，这让她的心稍作安宁，想必这个时刻心中若有所失的人恐怕不会只有自己一个，她掐灭手中的香烟，已来不及多想，广播里正在广播她的名字，一遍一遍，她冲上飞机，已然成为最后一位登机的旅客，再见，德国！

在她踏上飞机的那一刻，似乎已然踏入了她所熟悉的土地，如同一场轮回，再次置身于被愤怒与鸡毛蒜皮笼罩的生活片段里，一阵头晕目眩的骚动扑面而来，一位南方中年妇女和一对东北年轻情侣正热烈地说着互相辱骂的话，两方说话都非常有特色，一个鹅嗓一个锣嗓，起因仅仅只是情侣们想坐在一起，请求同妇女换位，妇女不从，冷眼加恶言挤对，于是年轻人脏话送之，直指妇女更年期软肋，妇女脸面扫地，积极应战，于是骚动进而升级为充斥着性生活、绝经、性器官、母亲等字眼的骂战，直至飞机起飞。妇女永远是这个世界上最可怕的物种，无限有勇气且无限没头脑。罗艺找到自己的座位，迅速地倒头睡去，她进入一场有生之年从不曾体会到的深度睡眠之中，七天几乎不曾合眼的过度透支，终于在这巨大的无聊面前变得无力不堪。她的邻座在空姐送餐的几次空隙里企图叫醒她，但她都毫无反应，十小时以后飞机已抵达中国领空，她醒了，这时她才注意到她的邻座是一位长发飘飘很有韵味的中年女人，尽管她的神态和衣着都毫无疑问地透露着一个女人的成熟与优雅，但她有一种难以言说的活力，使她的精神面貌仍然像个女孩，看样子是搞艺术的。

邻座（南方口音）：我以为你睡死过去了，吓死了，试了好几次你是否还有呼吸。

罗艺眯着眼睛笑眯眯地看着她，大脑还处于半游离状态：怎么试？

邻座哈哈大笑：用手啊。你以为是什么。

她们简单地聊了几句，女人来自云南，做服装设计，罗艺甚至还在丽江买过她设计的衣服，并非常喜欢她的店，她每件衣服都是她亲手制作的。

邻座：我看你穿的鞋就对你有好感，我知道你肯定去过云南，我每件衣服都只做一件，我觉得每件衣服都在等待她的主人。

邻座问她买的哪件，罗艺告诉她买的哪件，哪件，一堆。

女孩全都记得，高兴地和她讲述着每件衣服的来历，哪件衣服上的某个花纹是从贵州收的，哪块布是清朝的，她告诉罗艺她买走的那条橙色连衣裙卖了半年都没卖出去，胸前的花纹裁自一块苗族妈妈背小孩的古布，那块布很有年头。

邻座：我也做比较商业的衣服，毕竟去丽江玩的人有很多小资，但你买走的几件都是我的用心之作。没想到我们会在这里遇见。

她们留了彼此的电话，在最后的一小时里喝了十二瓶啤酒，醉醺醺地抵达北京，飞机俯冲的时候她们都醉了，不是喝醉的醉，是美醉的醉，安全带紧紧地扣在身上，她们迷离地望着彼此，只想笑，她们就那样看着笑着，俯冲，飞机落地了，女孩转机前往上海，她们高兴地拥抱告别。

罗艺：我没想到居然会在这么高的高空上，还能遇到一个酒友。

邻座：爱你！

她叫娅珍，藏族白族混血，是罗艺在此次旅行的最后一刻收获的朋友。她从来不怀疑酒精的力量，酒精让失语的人们相近相爱。

Chapter5.

北京　永远的家

不会迷路，是的，现在走的是自己的地界，喝醉也不会迷路，这是很好的感觉，感谢上帝，此刻她喝醉了，所以罗艺并没有一味地沉浸在对北京汹涌的厌倦感里，她头脑清醒，但意识晃晃悠悠，酒精穿肠过，穿过的是身体内日积月累的全部寂寞和忍受力。在这个九十点钟的北京，太阳明晃晃地挂在天上，在这个大白天，她醉了，酒气冲天，醉得想笑也想哭，她的肌肉在笑，她的眼睛湿润，就这样一直湿润地走到海关，感谢上帝，现在她的心是麻木的，什么也感觉不到。

黑旗袍女孩：你没事吧？

罗艺微笑着答：很好。

黑旗袍女孩：人太多了！

罗艺：是的，你是上海人吧？

罗艺不知道怎么就挤出了这样一句话，一定是酒精的作用，黑旗袍女孩一怔：你怎么这么说呢？

然后她很自豪地说：我是北京的。

出关的队伍很长，她们分别找了两条看起来稍微短点的队伍便分开了，离别的时候，友好地微笑了一下，忙忙叨叨中一个侧目示意对方自己的方向，北京人之间的友好是疏离的，可以认识，也可以不认识，他们开朗坦诚但不吧唧，各有各的天地，也尊重各自的天地。

你好，谢谢，再见，随时敞开怀抱，随时可以离开。没有人会计较在这匆匆忙忙之中，怎样做才更得体一些，他们都足够个体化，不假思索，并禁得起捶打。他们相逢彼此都觉得美好，他们分开谁也不会觉得可惜。这就是北京姑娘，他们都如此骄傲，铁娘子一般。

海关狠狠地在她的护照上盖上了出关戳，入关的时候她二十五岁，出关的时候她二十六岁，短短的几天，她感觉到了自己的变化，变化来自发现，随着环境的移动会发现一个不一样的隐性的自己，随着环境的再移动，又回到原来的自己，罗艺想，即使还是一模一样的生活，长大一岁了，也不会再一模一样地重过一遍，生活不需要温故而知新。手里的时间越来越少，越来越少，真的离梦更近一些了吗？过去的都过去了，她需要一些加速度或者克服重力的情绪，酒精的作用刚刚好，有点飘，现在她还需要一首节奏激烈并且又热情又绝情的歌，她打开ipod，不停地按着快进键，直到The Smiths的《Heaven Knows I'm Miserable Now（上天知道我现在痛苦）》在耳边响起。

我一度在酩酊迷糊中喝美了
但是上天知道我现在痛苦
我那会儿忙着找份儿工作干干
后来还就真找着了一份儿
不过上天知道我现在丧透了
在我的人生中
为什么都把宝贵的时间献给了那些压根不在乎我死活的人?

一对恋人从我身边经过
可上天知道我现在焦虑
在我的人生中
为什么全把我宝贵的时间献给了那些从来没关心过我真实感受的人?

在一天结束之后
她对我表示否定
再牛逼烘烘的浑子听了都会为此感到羞愧
她跟我说“您实在已经挨家里猫了太久了吧”

我下意识地赶紧溜走

在我的生活中

凭什么要冲那些恨不得一脚把他们踢飞的傻帽微笑?

我一度在酩酊迷糊中喝美

但是上天知道我现在特难受

她跟我说“您实在已经挨家猫了太久了吧”

我下意识地赶紧逃开

在我的人生中

为什么要把宝贵的时间都献给了那些从没在乎过我的人?

他真是个放荡不羁的混蛋，Morrissey这个老酒鬼用少年一样的嗓音哼唱着，简直是个天使，他天马行空地故作轻松着，有些三八，但十分逍遥，是的，只有上天知道他的痛苦，这个自恋自怜又自负自满的老家伙把“可怜”这种情绪表演得惟妙惟肖。罗艺在提行李的过程中，酒虫已经爬满了她全身的上上下下，连脚心都觉得焦躁不安，这太放肆了，上帝请原谅这个酒鬼，她焦躁不安的心中只有一个声音来回地叫嚣着“我要再多一杯的啤酒”，这太快感十足了，要知道，只有一个声音狂叫的感觉简直棒极了，曼妙而多情，不管那个念头有多愚蠢，心头那股引颈以待的鬼迷心窍，都出人头地、心雷乍动、势不可当，酒鬼的“瘾”是荡气回肠的，她想，我会一直喝到家，一直喝，一直喝，孑然一身地到家，然后倒头就睡，这是个美不胜收的主意，就像一个不省人事的婴儿。

拿到行李之后，她几乎飞奔着买了一口袋啤酒，便急匆匆地蹿上了出租车，在法兰克福的机场怎能想象此时此刻的她竟会如此兴致高昂呢？她故意一般不肯从美妙的旅行中醒来，天知道她已经忧伤得一塌糊涂了。出租车里流动着她所熟悉的北京空调味儿，因为城市污染严重，空调滤网又不常清洁，散发着一阵阵发霉扑鼻的潮气，她打开窗户，却被另一股赤裸裸的热浪打个正着，嗯，这糟糕污染的空气让她有点呼吸艰难，氧气穿过呼吸道来到肺部，混杂着其他物质，不洁感远胜于尼古丁，都是很真实的脏，于是从呼吸开始，便觉得愿力微弱，无处可逃，她呼吸、想念、呼吸、想念……反反复复，在一次次昏沉压抑的呼吸里，已经开始想念旅行时的随心所欲了。眼前，这座城市的喜怒哀乐都是现成的，相聚离别通通都是现成的，当然还有现成的孤独感，当她呼吸到第一口北京空气的时候，身体便成了一个容器，她非常清楚自己没有醉，所有这些现成的东西一下子把她的身体给填满了。脑子在一刻不停地想事情，但想得多了便觉得全是些破事儿，肉体的痛苦和精神的痛苦混杂在一起，白天像黑天一样夜色不安，她拖着疲惫之躯，爬上她的床，闭上眼睛，现在她需要关闭一切感官，休息，睡觉，无知觉。

在梦里她梦见和恢恢、Sandra开车前往欧洲，开了辆，还拖了辆破破的美国车，两辆破车都很有feel，是那种酣醉但盎然的破样子，一路上，就是很随意地聊天，难得三个人都不是爱捣是非的女孩，记得说了球鞋，日版的和欧版的，然后就是帮Sandra写了封推荐信，在那种红白相间的古旧信纸上，很工整地写“推荐信”三个字——中国书法，最下边是Sandra签的名字，路过收费站的时候，从最里道并到最外道的收费窗口，这是她们在长长的旅途里必须要做的一件事，因为Pedro在那里！大老远就看到了他的微笑，他涂了口红，小丑时期的爆炸头变成了随意的短直发，安了个假胸，那假胸的形态还很中国，并不丰满，他从窗口走出来迎接她们，学着女人的样子，比女人还要女人，那仪态步伐，没人会看出他是个男人，相信他的同事也不会知道他是个男人，然而她们三个人一点也不怀疑他从心理上就是男人这点，并且，他还是个表演艺术家，离开收费站她们赶往英国，Pedro又回到了他的收费窗口，他们挥手再见，把全脑的细胞都集中在挥手这件事上，就像在柏林的站台，和恢恢使劲地挥手告别，路上三个人讨论着Pedro，一致认为丫真有创意且不怕累，居然每天坐大巴从葡萄牙跑到这个中国边境偏僻的收费站来工作。

醒了，时差已经倒过来了。

点上一支烟，把尼古丁混嚼着呼吸一起吃进身体里，看着窗外的街景，罗艺回想起下飞机的一刻，那股夸张激烈的情绪突然袭来，自己失魂落魄的窘态完全是一个刚刚失恋的笨蛋。她如此怀念旅行中的点点滴滴，就像遇到了完美无瑕的情人，它给她梦一样的臂弯，和萦绕心头的缠绵，它最大限度地满足她，赠她险峰亦送她春光，一日泪湿再一夜泪干，她似脱胎换骨，它牵她流水行云，节奏流丽酥心，她站在它的十字路口，亦不惑不虑，它有时浪漫有时坠落，心象万千，她心里都好踏实好微妙，至性至情，不愁寂寞。这并非崇洋媚外，只是势能所趋，而北京是北京人永恒的爱人，她忠实地热恋北京，无增无减，不动不撼，她只是感伤，并摇摇欲坠，为这个面目全非的爱人，她见识过它最美的时光，她在它的怀抱里成长，它血雨腥风，与时代的脉搏共振，她为它疯狂，为它引吭，当它埋首发不出声音的时候，她想待它发声，他们的命运彼此交织，却在时间的车轮里互相磨损，直到有一天再也承担不起彼此的梦魇。她深爱北京，并从未被动摇，那是一个孩子与生俱来的盲爱，是北京给了她生命中的第一道光，然而在这浓郁的厚爱面前，他们共同的命运，终于变成了一场巨大的日渐沉沦。不同于这世界上的其他大城市，柏林，巴黎，纽约，伦敦……北京的开放是种过度开放，开放到北京人成为北京唯一的排斥对象，这座城市是北京人的家，只是它再也容不下北京人的梦。

永恒从来不是永远，永恒的爱人也不一定就是永远的爱人。永恒，意味着存在，这份爱会一直存在，时空变幻，也始终不来不去，而永远是时间性的，意味着我们的命运永远不曾分离。在梦想面前，永恒是个更高级的词汇，它包含这世间的一切，豁达、智慧、苦厄、变动、宽恕……以及恰恰是“分离”以及“动气”——让我们的生活变得完整。

Chapter6.

北京　一起静候命运

一个感情至上的人是容易感到疲倦的，甚至都谈不上是精神疲倦，疲倦规规矩矩地睡在肌肉和关节里，它们是单纯的生理反应，你的心充满感觉，只是再充盈的感觉也都徒劳，它们使不出力气。疲倦，和内心是否强大无关，和信仰是否坚定也无关，我们都只是需要一个好身体罢了，可好的身体总是在不知不觉中就老去了，老去的速度远比我们心智增长的速度要优雅自然。疲倦，与我们的心同眠，其实在你感觉到累的时候，已经积劳成疾了。美轮美奂的丧逼生活，像一部恶俗电视剧一样不真实，千篇一律的低能境界每日都会如约重复上一遍。

这一年，罗艺的身体出问题了，她开始尿血，马良的心脏出了问题，他险些死在常年疏忽的心律不齐里，而恢恢的母亲，在一日之间从一个乐观健康的女人被诊断出癌症晚期。在德国短暂相逢后的三个月之内，他们先后匆匆并不声不响地回到了他们的家——北京。生病，是一件难以启齿的事情。

随着身体的虚软，罗艺的心智也变得虚弱起来，她开始感觉灵异，常常觉得自己看到了什么，并非常清楚地听到一些来自于另一个世界的声音。她不能入眠，只要闭上眼睛就会听到一名中年男子老生老气地在耳边一直一直打着呼噜，她的意识是清醒的，听到的声音也是清晰的，从呼噜排山倒海的气势可以辨别，这个男人大概从事体力工作，很累，但睡得也非常尽兴，当她睁开眼睛的时候，声音便消失了，再闭上，再出现，与她捉着迷藏。有一天清晨她甚至听到了很真实的做爱现场，一个女人有韵律且感情饱满地叫着，罗艺扒着四面的墙寻找声源，最后她躺在床上，确信这声音就来自此刻她正所在的同一个空间，她趴在枕头上，声音就真切地围绕在自己周身，想象着那对情侣是否与自己存在时差。如果他们那边也是七点，那么两人性爱交织着，在清晨动情做爱实在浪漫得让人羡慕，如果他们此刻也知道有人正意兴盎然地窥听着他们每一次喘息和声嘶力竭的话，而且还很有可能三个人就睡在一张床上？他们会先感到尴尬荒唐呢，还是先被吓到一跳？想着想着罗艺笑出了声。

幻听并不可怕，她害怕的是幻视，这并不是她第一次产生幻视，但生病期间的幻视，确实让她第一次因此感到强烈的心不安宁和胆怯，无法轻易入睡，一旦入睡也是噩梦连篇，她梦到乌云遮天的日全食，一群喇嘛向她走来，还有已经过世的邻居在梦里复活，一切都诡异又似有寓意。白天的时候，她六神无主地上网搜索各种解梦信息，并给不同人打着语无伦次神经兮兮的咨询电话。

她首先打给乐乐，乐乐常年练习气功，对神秘事物持有修行者一贯的独到见解，他用“积德行善”四个字解释给罗艺，告诉她不要害怕，善和德会保护她。

只是此刻这四个字完全说服不了罗艺，她固执地想找到一个“为什么”，并像上了发条的“秋菊”一样认定一定会有一个相应的“为什么”可以解释所有遇到的现象。

于是，她打电话给有血缘关系的表弟Peter，她想亲人的情感曲线应该是类似的。

她说得很隐晦，那是她不了解也并不确定的事物：我最近老看到什么东西，也听到什么声音，你明白我想表达什么吧？你有过类似经历吗？

正在加班的Peter心领神会，用平静陈述的语气，一字一句，缓慢回应着她：哦，我也总是这样的，别担心，这叫幻听和幻视，不是真的看到了什么脏东西，只是神经衰弱的症状。去捏捏脚吧，捏完了就可以睡个好觉了。你只是神经衰弱，长期处于疲劳和精神紧张的状态里，是会这样的，正常现象。

电话另一端，罗艺认真地听着，一副疑神疑鬼的面目，很快就平静了下来，她甚至感到Peter在说最后几个字的时候，口型是微笑着的，挂上电话，她轻松地吐了一口气，神经衰弱——这四个字显然比“积德行善”更让她定心。她需要一个从自身出发的理由，去解释内在个人化的问题，从微观到微观地去求证，而积德行善过于宏观，对于一个没有信仰的人来说，是难以消化的。尽管Peter的只言片语确实安慰了她，不过他并非说出了内心的真实见解，他只是知道如何去安慰她罢了，此刻她需要的只是安慰，那些真实的话大可以留到日后情绪稳定了再慢慢谈起。

事实上，Peter也被幻视的症状困扰已久，与其说是幻视，他倒更倾向于把它理解成无法言说的真实存在，人体本身就是充满神秘感知的现成标本。虽然无法用科学合理解释出那些神秘事物的来历，但他敏感地发现人在身体强壮的时候，如果被不熟悉的现象惊扰那么一下，还真不会被吓到，也说不出那股镇定到底是什么，从何而来，但的确存在，身体好，人就镇定。所以意识的进化根本无设无限，当事者能作何反应，也都是身心瞬间迸发的自然应对，很淡淡地就具备了一种分辨力，不会像身体虚弱的人那样大惊小怪，自己吓唬自己。这本领平时不用也不清楚自己拥有，终于派上用场要它开启的话，这颗心自有它自己的一套办法，稳健自如的应急方案自己就会运行得很棒。

每个人的身体里都有许多个自我，有的自我埋藏得深，从不自知，但恰恰彻骨铭心。对于能量流失且独居的病人来说，病怏怏的自性，疏而不朗，既缺乏应变的敏捷，也没有分担恐惧的对象，各方面都太虚弱了——Peter猜测着这大概就是罗艺在生病期间被幻视吓到的原因。有时一个人从困扰中脱身而出，紧紧抱持的往往不是真相，反而是黑白颠倒的善巧谎言，他们笃信，靠着盲目而温暖的说法，再次呼吸，活过来，挺好。

幻听、幻视、短暂的睡眠、去医院，构成了那段时间罗艺生活的框架，不过即便生病，也始终不曾摆脱工作的纠缠，她不得不与同事或者客户，利用每天清晨看病前的空当周旋于医院门口，以便如期跟进手头上细碎繁多的项目，她一直在工作，麻木的，甚至感觉不到精神的疲倦和透支，她就是这样病倒的，却仍旧不肯罢休。遗憾的是，工作的收获在日后并没有与她长久以来的付出成正比，这时她还不懂职场明争暗斗的无时无刻，决定成败的从来不是长处，而是短处的控制，一个眼睛里没有敌人的人并不意味着果真没有敌人。

处理完工作，罗艺一个人走进医院，从挂号的时候便感觉摸到的一切都很脏，布满细菌，各种传染病人出入，气味混沌，医生护士统一穿着白大褂，无论从心理上还是视觉上都强调着病毒在这里的无处不在。一个人排队等号交费楼上楼下换来换去，并没有一丝一毫的孤独委屈或者寂寞，反倒产生了一些沾沾自喜的小陶醉，当她发现自己是在一个人独自面对突如其来的生老病死时，这一切都很安静，很好，是欣慰地察觉到身体里有股顽强的生命力，以一种最孤独的方式活下去的生命力也不过如此而已，她足以承受，出了医院便给自己买了水果和好吃的，为了证明自己在照顾自己。手里拎着不太沉的东西，慢悠悠地回家，脑子里什么也没有。所有的坚强和不坚强都由心理作用产生，其实一点也不难。街上的人慢动作一般从她眼前划过，无论他们是跑着还是飞驰着，她眼睛里的一切都慢下来了，无欲无求。

直到有一天，这份坚强被另一种不坚强破坏了，她开始抵触医院。她去验血，在排队的过程中完全没有在意自己身边站的都是些什么人，即使是个不规矩的人，会在身边蹭来蹭去，就是挤呀挤地硬要在她前边验，有的人即使生病了，训练有素的心机也照旧活跃不堪，浑身没有力气的罗艺，任由他们挤靠着，对他们的脸都没有太多的记忆和留意，她早已经习惯这座城市走到哪里都是人，哪怕是医院，也装满了病人，所到之处，皆是人满为患之苦。

正当轮到她捋起袖子，突然听到护士不耐烦、故意高调地讽刺着隔壁验血的男人："查艾滋去六楼"，他距离她不到半米远，背着LV的挎包，这时她才留意到他长着一张猥琐且因为恐惧而异常虚弱的脸，她在心里默默地对他说了好几声"我操！我操！我操……"瞬间，他使她感到这个来治病的地方是不净的，不是因为病菌，而是在病菌背后形形色色的人为罪孽。

罗艺把手里的单子递给护士，护士再次用同样冰冷的语调训斥道："你不在这里验细胞血，去那边。"

她整个意识已经在漫长繁琐的等待里变得摇摇晃晃，脚下无根地换了队伍，旁边的老头坐在轮椅上一直默默地流眼泪，他的哥们站在一旁，操着一口很糙的北京话跟他说："我操，别哭了，你要坚强，我们这不是都陪着你呢吗？"急赤白脸的语气铿锵有力，但听了的人只会更加心灰意冷，是的，这次验血的地方相对洁净，他们都是真正的病人。医生的态度也相对温婉，用麦克风即时地和每一个人交流，很快她便拿到了结果。

之后的尿检是真正考验耐心的时刻，大概是尿检师整天都在跟尿打交道的缘故，态度也是不健康和充满自怜的，爱搭不理地回应着病人，病人反复问着，尿检师就反复地爱搭不理着，以至于后来根本不想知道他在说什么，只模糊地听到一个阴阳怪气的所答非所问“结果出来了我会叫你”。

一直等，四十分钟以后，脑袋空空的罗艺不得不去观察些什么以打发时间，她很被动地刻意留意起周围的面孔，最先瞥到的是一个面相里挂着深刻喜感的男医生，他的喜感让他在人群中格外醒目，虽然穿着白大褂却一点也不像个医生，她的目光跟随他转进离她三米远的办公室，抬头看标牌——性病，不一会从里边就出来了一个四十多岁的中年胖男人，他昂首阔步且走路带风，脸上堆满了死里逃生般侥幸迫切的喜悦，显然他的生殖器没什么大事儿，无尽的房事之欢正在狂热地召唤他，罗艺想或许是性病医生的行医对象大都洋溢着痴情快活的淫欲，久而久之，性病医生们的脸上也折射出轻率邪气的黑帮老大气质，有些众人皆醉我独醒的意思，可能看起来不像医生的医生都是性病医生吧。

取尿检结果的人积攒得越来越多，在尿检师眼里，病人和他们的尿液一样，没有差别，其实结果早就出来了，只是尿检师故意惜字如金，以寻求在尿液们面前异味求存的尊严，最后他指着面前一摞厚厚的尿检单，示意病人们自己来找，罗艺顶着恶心，在那一摞带着尿气被不同病人翻来翻去的单子里找到自己的单子，只想赶快离开这里。

她感到生气的是肉身病了，精神也随之变成了无力的弱势。

她听到一个声音在叫她，只有他是用胸腔说话的：罗艺，你病了吗？

只觉得不可思议，那是她印象里再深刻不过的声音，她回过头去，证实声音的主人，的确是他：天啊，马良，你怎么了？

马良：心脏病，差点死了，我在柏林昏迷了三天，你呢？

罗艺：我尿血，可能得肾炎了。

两个人都面无血色，马良惨白，罗艺蜡黄。

现在他们不仅是朋友，还是病友，出了医院，他们找了一家小馆子坐了下来。还都破了戒地喝了许多白酒，心情无比沮丧，酒精的作用让马良的脸仿佛又有了血色，他趴在桌子上，一遍一遍地重复着：我觉得自己特别没用，怎么办啊？

罗艺：都会过去的。

那一刻，她很想去亲他，他坐在她的对面，脆弱得像一个情人。

这是一个孤独无邪但带着感情色彩的念头，她没有那么做，无论怎样，她想那都只是同病相怜的怜爱，她只是孤独，且刚好抽象地需要一个吻。

但是他们还是达成默契一般心照不宣，无家可归的马良跟着她回家了，他的父母并不知道他病了，他回国之后四处蹭住，最后在罗艺家的沙发上住了一个多月。每天，他们一起工作，一起吃饭，一起看病，一起买菜。

马良没有钱包，把仅有的五千元都装在一个破旧的“中南海”烟盒里。

每每需要消费的时候，他就掏出“中南海”烟盒抢着付账，即使在相对高级的场所，也仍旧坦坦荡荡面不改色，像个出手阔绰的土豪，总在这个时候，罗艺就被他逗得哈哈大笑。他们共处的这一个月时间，不长不短，同一个笑点也足够重复使用上几遍，两个人都来不及生厌。

除此之外，在这短短的一个月里，两个病人，除了生病养病，还共同完成了一个价值五十万元的项目，罗艺朋友的公司正在做一个中德文化交流的演出全案，眼看合同就要到期，却由于中西观念的分歧，在宣传以及形象包装方面始终无法获得德方认可，罗艺做过类似的项目，加之对西方音乐有着很深了解，临时被拉去救急。

罗艺看到策划书，摇摇头：这样肯定不行，直接照搬西方理念，然而我们在财力和人力上都达不到同等的效果。德方会认为我们是在忽悠，这是他们非常熟悉的流程，看这份策划书的时候自然会觉得漏洞百出。

朋友继而让设计师展示现有的形象包装，看了短短半分钟，罗艺便了解朋友一直无法顺利通案的原因了，那些设计作品是他们这个圈子让她再熟悉不过的工作方式——抄袭，罗艺直言不讳：不用看了，这些东西可以蒙中国人，但蒙不了老外，Reference痕迹太明显了。给我十天时间，我免费帮忙，但我需要一个帮手，你付他酬劳就可以。

罗艺看过马良的作品，他曾做过汽车全案，那款汽车的推广，在日后的反响相当成功，这是两个人第一次在工作上合作，默契得好像是彼此的另一个分身，但同时又是互补的，他们都有点多面手的意思，且追求效率，一个晚上的突击就重新确立了新的策划内容，并把剩下九天的执行计划拟订得滴水不漏。

看场地，出效果图，组织艺人拍摄，租服装，做了一册60p的宣传册和一段三分钟的宣传片，出片，盯印厂，只是他们两个人，九天，全部搞定。提案的时候，一次过关，德国佬们满意得提不出一点修改意见，项目负责人惊讶地赞叹着：太专业了，效率和想法都太厉害了。

朋友公司顺利地拿下了五十万的结款，马良账户也多了一笔收入。他请罗艺吃了一顿丰盛的大餐，举起酒杯的时候他红着眼睛说：谢谢你，罗艺，我接了一年的散活，是你让我重新找回了我的自信，你知道我一直在怀疑我出国的选择，我问我自己失去了什么，热情，对生活的热情，你专注投入工作的样子，让我很受打动。

吃在一起，住在一起，一起生活，一起工作，短短的十天，他们都感觉自己已经喜欢上对方了，没有谁曾给过他们这样的感觉。但是他们一晚上掏心掏肺地说了各种话题，唯独这句话，两个人谁也没有说出口，一切似乎来得都太快了，而他们各自的生活也早已成型，一个人在北京，一个人在柏林，马良还有一个追随他一起出国的女朋友，于是想一想也过去了，说与不说也无法改变什么。

罗艺笑着看着马良，她看起来那么平静，倾听他，与他对答，但他看不见她的内心，此刻正轻轻扬起忧伤，她喜欢他。

那一天他们做了谈恋爱的情侣们可以做的所有事情，夜游、轧马路、吃冰激凌、看电影、在过街天桥上抽烟。

在电影院，马良交头接耳地和她小声说话，罗艺听到的却是他心律不齐的心跳。

也是在那个晚上罗艺收到了恢恢的短信：我现在在北京，我妈妈去世了，星期一上午九点，八宝山火葬场，追悼会。

母亲的去世对恢恢的影响很大，在她再次见到母亲的时候，那个她记忆中热情充满活力的女人浑身插满了管子，她绝望地躺在病床上，因为承受着肉身的极大痛苦，眼睛失去了生命的光泽，那疼痛显然是难以忍受的，她用尽全身的力气说话，说出来的却是要求恢恢让医生给她注射杜冷丁。

恢恢忍受着内心极大的痛苦，以及常年在外对母亲的愧疚，她微笑平静地对母亲说：忍一忍，不能老打，再坚持一会，我们再打。

她每天虔诚地为母亲念经，在病床前为她播放佛教音乐，她在心里默默地对自己说，如果我不微笑，我的母亲怎么微笑。

母亲去世后，她独自一人去了五台山，从山脚一直磕头磕到山顶，她以这样的方式纪念她的母亲，她想念她的妈妈，这个世界上最宠她的人走了。

此时的恢恢已不是三个月前的恢恢，她用过分自制的冷静与坚决表达忧伤，她告诉罗艺：毕业后我会立刻回国。

罗艺：Tim呢？

恢恢：现在我最爱的男人他在北京，他是我的爸爸。

半个月以后，恢恢，马良先后返回德国，继续完成他们的学业，罗艺身体恢复，开始回到公司上班，和马良之间，始终没有发生什么，他们都在心里暗自衡量对方，并带着一点点淡淡的忧伤发现各自的梦想并不存在任何交集。临别时，他们微笑而得体地同对方说：再见。

风度翩翩。

仅此而已。

Chapter7.

怒江　生日快乐

今天是4月14日，独龙族女孩阿杜生的生日，今天，她21岁了。

阿杜生的家在云南贡山，那是一个风景卓越、民风淳朴但非常贫困的地区。三年前罗艺到过那里，并与阿杜生相识，阿杜生总是又热情又害羞地带她到处乱逛，她告诉罗艺，她的男朋友有些不尽人意，也告诉她自己从来不曾过过生日，因为家人都认为414这个数字太不吉利。罗艺答应阿杜生，下一个4月14日一定会为她过生日，她是当真说的，只是没有兑现，并在未来的三年里，始终都没有兑现，她再也没有去过那个地方了。

罗艺常常会想起怒江，熟记那里的每一个名字，对怒江的记忆就像心病，它的贫困太触目惊心，始终想起的时候心脏会疼。

曾经罗艺是一个三天两头就闹腾换份新工作的人，从怒江回到北京以后，她变了，“在工作中寻找激情”已经不再是她的追求，她算计着要和这份新的工作培养感情，建立稳定的关系，就像和大自然的关系和天气的关系，吃饭养活自己，并有时间开开小差，仅此而已。她一遍一遍地强化自己要记得——会一直踏踏实实地干下去，无论工作本身多么无趣，也会坚持下去，就像找个忠厚、给你抱抱、陪你抽烟但互不束缚的情人一样，无趣只是生活中微不足道的一部分，轻微得一眨眼就过去了。她在意的东西变了，变得比任何时候都需要安定，她需要花很多很多时间去用力维系的是——她梦想可以做她妈妈的圣诞老人，可以拿起包包随时旅行狠狠地娇自己一把，读好多好多的书，可以资助怒江的小孩子，可以请她的朋友们吃饭，吃各种他们喜欢的食物，然后大方地埋单，这是一个漫长的资本积累的过程，她果真将这份工作一直做了下来，只是她再也没有回去过那里，也始终不曾与他们联系。

被工作充斥的生活，已经让生活在这座城市里的人们失去了自己的时间，很多选择的确都可以说是随机应变的，只是，也不外乎是在人被生活推着走的前提下，实际地随机应变，但是内心的起伏却是永远不会变化的，喜怒哀乐，还是常常会想念什么，生活简单得没有一点改变，上面下面左边右边，爱的人也永远不会有变化，即使每天都可能迷失方向，但就像永远都喜欢看海，喜欢抽烟一样，有些选择永远不会改变，这种选择很underwear，隐秘的肌肤相亲，自我保护得那么低调，发不出一点声音，就像新陈代谢。

远在柏林的恢恢发来邮件：罗艺，现在我的梦想是从此不买新衣服，不主动提议下馆子，把最珍爱的朋友约到公园，以走在千年松柏下的姿态代替大吃大喝，少说话，多感受……

这一年，她们都长大三岁了，即使那份工作罗艺的确一直坚持着做了下来，只是对待生活，她还是会有幻觉，比如听见一首特有共鸣的歌，就觉得那歌是自己唱的，目前会产生这种幻觉的歌，都是shoegazer风格的，总之就是那种唱歌的时候会很拧很拧特想不开但非常认真还皱眉头的歌，她想这既是对自己由衷的失望，也是对生活恶性循环的不满吧，但精力有限，伤感也常常只是哇哇两声儿，来不及惆怅再多或者掉转方向的。在这个4月14日，罗艺坐在北京的办公室里，写下这篇日记，心中满是抱歉，那些我们爱的人，我们与之疏远，而她们也永远凝结成了我们的心病，我们不声不响地离开，因为任何借口都如此力不从心——

认识那里的每一座建筑
河流云朵的形状　颜色
高原上花草树木追阳生长时才有的样子　味道
别人拍的照片　扫一眼就知道　是那里
但不会去看得再逼近些　碰一下就走开　小小地碰也需要迂回　永远不会平静地面对

记得那里的那些人名　记得自己是怎样慢慢慢慢地远离　将心隔离和失约

记得4月14日是阿杜生的生日

多想和你说声生日快乐！

但又想那其实意义不大

如果我们放下电话　一定会为遥远的距离所困扰

那距离便是我们永远无法像所有那些真正的好朋友一样　真的在彼此身旁生活一段时光

我们待在不一样的时空里　不一样的水和空气　不一样的夜晚

中间相隔一条悠长的路途　没有迅速接近彼此的飞机和火车

我只能靠想象

想象着或许你现在已经结婚了　有小孩子了也未尝可知

如果是祝福　就想你今年可以少流泪　多快乐

总觉得你那白羊座的性格一定会比我更容易完成这个愿望

现在不再会为这样的距离责备自己了

其实这就是一种感情的样子　阿杜生代表友情　但也会有这样的亲情或爱情存在

总之这样的感情就是很难产生交集　可能一辈子也不会有交集

只做两条平行线

即使精神上是彼此契合的伙伴

行为上的距离会让我们再次平行

平行的灵魂、爱和祝福　然后便是我们仍旧是在两个不同时空里需要独自面对整个世界的“一个人”

还是在一个人面对着整个世界　不是吗？平行的soulmate

所以　就让它这样吧！

再也不要在想起你们的时候　觉得自己是非常的无力和窒息！

似乎遇到对方就是为了与之进行一场意味深长的告别

用很长很长时间习惯这样的感受　彼此都知道再见很难

Chapter8.

北京　爬着做梦的人

你知道我一直盼望有那么一天被我的爱人在路边发现，然后我可能穿着破衣烂衫，但是没关系，他还是会把我捡回家。

我说：我想吃烙饼。

他不光给我买了烙饼，还买了酱豆腐、大葱和小豆冰棍。真刺激。都是我喜欢的。我就喜欢刺激的。

接着他对我说：这只是加餐，以后你不光每天都有午餐、晚餐，第二天醒来还有北京最好吃的早餐，你知道吗？你有一个北京人的胃，所以我会给你吃很多很多的卤煮炒肝包子还有糖油饼儿。

我才不会表现出非常激动的样子呢，那是小女生沉不住气的表现，我是一个感情深沉的女孩，不过心里的确会因为从此早餐有了花样不用每天都吃煎饼感到非常高兴。

另外让我觉得称心如意的还有，就是终于不用再绞尽脑汁地思考，到了超市我都该买些什么了。

我总是会在超市里犯抑郁症，虽然超市是我最喜欢的发明，我喜欢它物质丰富的样子，非常有安全感。

货架上放置着各式各样的安全感，人们根据需要，花很少的钱，就可以把安全感转移到自己家，但我一点也不擅长采购，对于安全感的搭配选择组合一头雾水，没有一点灵感，虽然它们都那么那么吸引我，可我却想不出使用它们的方法。

我不记得自己曾在超市买过什么好吃的，记忆深刻的反倒是一个人提很沉的塑料袋回家，那感觉真是糟透了，尤其对于一个饮料狂人来说，回家的路只是一条耗尽体力的路，枯燥单调，就像搬运工在执行任务。归根结底都怪自己是个没什么好品味的笨蛋买手，只会采购生活的必需品，一卷卫生纸、一桶牙膏、一袋速冻饺子、一堆酒水，真是对它们没什么好期待的，不过那些带气的不健康的水是我的最爱，虽然它们没什么安全感，但总能让我感觉兴奋一下，就像寂寞的时候吃巧克力一样，我想大概是我的神经系统里缺少碳酸吧。

我说：我想喝北冰洋汽水。就要我小时候那味儿的。

他说：那个味道在你的记忆里，你需要培养新的喜爱和新的记忆力。

他递给我用甜橙和红茶自制的饮料：为什么你要活在你的记忆里？现在你有了一个新的家，这里就是你的家。

罗艺在脑子里漫无边际地自言自语着，有时候她更希望自己是一只流浪猫，被某个满是爱心的人捡回家，她可以永远不向他解释她的天性。

流浪猫，孤独狂野，离群索居，充满怀疑，生活在危险里，但是它不怕，它会遇到它的伙伴，也会离开它的伙伴，可以和一群猫在一起，也可以随时一个人走开，它会遇到把它捡回家的主人，但绝不会因此便对主人媚脸送抱，猫是独立的生命体，脆弱不自怜也不索求温暖，它们对他人的疏离感写在脸上，步伐里以及每一次静止中，它们的温暖是感受自然万物的温暖，天生品性安全，所以不会惊扰陷害他人。

有的流浪猫或许会经历好心人为它们摘子宫阉割之后再放生的命运，但无论怎样，那些器官也是它们的身外之物，被摘掉生殖器官的生命体仍旧本性使然，它们的器官不为灵魂设限，在九条命的轮回里用尽每一条命是它们始终如一的存活状态，它们只属于自己，没有故乡，也没有远方，不承担责任，因为从不依赖，它们不需要神的护佑，因为信奉生命本身，它们不需要身体器官，因为灵魂像雷达一样灵敏，它们是自己的朋友，可以随时随地嬉戏的小天使，它趴在屋檐上，爬进汽车底盘里，有时也会和你玩，享受的是嬉戏本身，它们嬉戏的时候，投入忘我，并不考虑危险或者不危险、玩得起或者玩不起。猫不解释也不需要解释，非常自我，但猫的自我，不等于人类的自私。人类或许是最饥渴和欲望燃烧的动物，所以人类的语言最丰富，讲腔调、讲语气、分场合，冷了淡了疏了远了都会被人当作弦外之音，他们总需要一个个准确无误的解释作为人与人沟通的循环链，他们解释生活，解释梦想，解释为什么爱与为什么不爱，因为他们的自我和心已经被摘了。

可为什么还是在期待会出现一个人把自己捡走呢？人和猫的区别是人需要疼与被疼吗？在疼与被疼中，才感觉得到自己的呼吸？人总是需要泪流满面吗？因为在泪流满面的时候，才终于承认那些失去与得到？而所谓成长是必须经历失去与得到，才能体会苦厄与幸福吗？人是只有一条命的动物，我们用尽一生对自己负责的活法就是成长吗？罗艺走在平安大道上，她发现体内太过敏感的喜怒哀乐，多得简直让自己如同一个表达欲旺盛的怨妇，最后她想正是因为人有激烈的喜怒哀乐，所以永远无法像猫一样优雅。不知不觉地，她已经从宽街走到了南锣鼓巷，精神状态看起来非常糟糕，样子是面目可憎的Shoegazer，可是她还是在这里，终于遇见了那个把她从街上捡回家的人——黑旗袍女孩林童。

林童迎着罗艺走来，随意穿着T-shirt、牛仔裤、球鞋，在这个微夏的季节里，她发梢轻扬，轻曼的神情像叮叮咚咚可以感知风向的风铃，满是灵气，不同于两人初次见面时那身让人眼前一亮的旗袍妆容，今次她摆低姿态，漫不经心，却依然是人群中最灵动宜人的女子，明丽素雅，亦天真幽微。她对美的控制由内向外，是不雕琢有生命感的相由心生，有气有神有意必是一个忠于自我、忠于感觉的女孩。

这是一场年轻又柔和的见面，彼此都觉得欣喜，亦都不会深究素昧平生下那份凭空而来的热络，生活中偶尔一次随心所欲不假思索的友善，何尝不是难得诚意又磊落的交友心呢？

罗艺：嘿，是你？

林童：天啊，真巧。

不套磁，不盘道，终归两人都是内心含蓄，不喜心机，又必须有姿态的。她们交换名片，简单问候，干脆利落，遂即道别。只是不同于机场随缘不攀缘的初次道别，巧遇给了她们坦诚相待的理由，今次道别，意味的是——再联系。

有时隔阂疏离了两个人好感的东西只是距离感，距离感不是距离，那只是一种好心而含蓄的感觉，让她们在熟悉与陌生之间，面对面，也不诉说，内心并非真的有所迟疑，也并非左顾右盼拿不出定意，她们只是需要一个场合，从容地做出卸下心防的动作而已，这个场合对于罗艺和林童来说是互联网，当晚她们便在MSN上加了对方好友，且同于当晚，她们很快便亲近了起来，甚至省去了熟悉的过程，原本她们就是非常熟悉的，当然也包括彼此都深深游离在距离感中的那份习惯，非常熟悉只是水到渠成，所以自不存在莫名熟悉的怀疑与观察。

她们花了些时间来来去去地摆荡在“靠近”这个动作上，始终不紧不慢，她们对彼此的关系置之不理，空气里却带着宿命的风味，再而三的缘分还是让她们同时走在了同一条街上，如果不是命运硬生生地将她们再次连接，也便永远不会出现“靠近”这个动作。那是一个可以与之谈心的人，一个记忆里醒目的陌生人，不同于其他所有的陌生人。她看起来异常干净，眼睛里却带着聪烈的光，罗艺明白那样的神态和明亮的品质从来不是白得的，耀眼的成长不会凭空而来，她一定是一个有故事的女孩，然而她们还都如此年轻，成长的伤口来不及完全愈合，太年轻的干净里总是搅动着清澈的隐隐作痛，她看见的是彼此相同质感的人性和感受力。

网络上的开场白亦是豪放无寒暄的，像两个久违的老友无须自我介绍，她们直接进入对方的生活。

林童：亲爱的，你有男朋友吗？

罗艺：没有，你呢？

林童：我结婚了。给你看我老公照片。

学者模样。金发碧眼。

罗艺：真没想到，你都结婚了。

林童：有空来我家一起吃饭，喝红酒，累了可以直接睡在客房。

她们开始在线下常常见面，林童邀请罗艺吃饭，具体聊过什么，回忆起来，也说不出有什么印象，只是在一起，便出奇的舒服。林童是懂得罗艺的，这个浑身恶习、抽烟喝酒样样海量的女孩，只是缺少一个疼她的男人，她外表开朗，反应灵敏，大大咧咧，没有烦恼，可身体里带着孤独的味儿，即使和烟酒的味道混在一起，仍旧压它不住。她不怎么爱说话，喜欢倾听，不擅长表达自己的秘密，她是一个有秘密，习惯自己思考自己解决问题的人，她与自己的妹妹同岁，却像自己的同龄人，是那种悟性非凡且独立的女孩，这些都是一目了然的。两个人的交往像看电影，看的是彼此的细节、心理、节奏、情绪，即使没有情节，已经别开生面，也足够有意思。

林童喜欢为罗艺介绍男朋友，电脑里随时备着罗艺的照片，遇到优秀单身男士就把照片发过去，但她不知道罗艺到底是没有相亲的时间，还是没有谈恋爱的时间，总之，一来二去几次推脱，事情都不了了之了，有一天罗艺来家里做客，两人躺在沙发上看《我在伊朗长大》，罗艺漫不经心的只言片语，却被林童听进了心里——我已经两年都没看DVD了，简直太忙了。

林童想，罗艺把自己逼得这么紧，分秒都非常自制，梦想对于这个女孩一定格外重要。而她浑身上下那股孤独味儿的源头，其实是她的梦想。为了梦想，她可以牺牲很多东西。

渐渐地，林童开始了解到了罗艺的梦想，并暗中默默为她联系着各种去欧洲进修的机会。有一天，她邀请罗艺吃晚饭，席间还有一位伦敦来的艺术家，他也是伦敦一所著名画廊的老板，但罗艺万分没有想到的是，就是在这个晚上，她得到了一份去伦敦工作的offer。

罗艺写E-mail给林童：你给我了一双翅膀，我可以在梦里飞行了，谢谢你。

三个月后，林童和丈夫移民欧洲，临走的时候，把北京的家的钥匙留给了罗艺，林童对罗艺说：这是咱们的家，也是你的家。

Chapter9.

双城　无处可去

罗艺开始一边上口语课一边工作，一个礼拜七天，不得一天休息，不过她心安理得地认为“宅”是在年轻的时候对自己做过的最好的事情，二十六岁已经是一个可以对所有以攀缘为最终目的之娱乐活动坚决说“不”的年龄了。这个城市里充斥着太多喜于攀缘的年轻人，一眼便可以看出他们的心有多么的不真诚，所以这个时代也比其他时代拥有更多的宅男宅女。

除了家，实在无处可去。

可以谈心的朋友，一个一个都出城了，他们在线上交换彼此的想法和关心，维持着亲密的双城关系，生活不声不响的，只听得到敲击键盘的声音。

马良：我现在有个想法，读完现在这个学位，就换个别的国家继续读书，我觉得我读书读上瘾了。

罗艺：我也是这样想的，游学，你知道吗？中国古人都讲究游学，无论传统中医，还是艺术家或者考取功名，之前的读书模式都是在游历中学习。

马良：你幻想过流浪吗？

罗艺：小时候，现在不，没钱怎么行。

马良：没钱了就路边要饭呀。

罗艺：不成，我要样儿，得有钱买新衣服，要是真做乞丐，我也得穿得特漂亮那种。

马良：你愿意跟我一块流浪吗？

罗艺：成呀。

马良：要饭也愿意？

罗艺：不愿意。

马良：为什么？

罗艺：我还是想穿得漂亮点。

马良：我老幻想流浪，你说是不是特幼稚？

罗艺：有点儿，还成吧，哈哈。

恢恢：你是北长街的玛莉莲·梦露，你是东城区的林志玲，你是交道口的朱丽叶·罗伯茨，你比麦当劳的奶昔还要甜，天安门的红旗只为你灿烂。

罗艺：我操！你想什么呢？亲爱的，哈哈哈。

恢恢：这是一首德语歌，我把它按北京的地名翻译了，送给你。

罗艺：你想鼓励我什么？

恢恢：没想，只想让你开心一秒钟，就够了。

罗艺：嘿，真好。

恢恢：等我回国了，你要好好拥抱我，让我闻闻你身上的臭味儿。

罗艺：人家明明是体香，拜托。

恢恢：我们楼上一希腊哥们，对我兴趣重重，不过我要坚决回国了，对谁也不能动心。

罗艺：为什么？

恢恢：对远途恋爱不感兴趣，目前我爸是我生命中唯一的一个男人。

林童：今天早上梦见你了，梦见你带我去你们公司，你还是特忙，一直没机会辞职，是真的吧？

罗艺：我没辞职，积攒了一个月的情绪终于逮着机会和BOSS说了。不过那天他先跟我聊的，说“罗艺，我跟你聊聊”，然后我刚坐那，屁股才碰上沙发，他说“你得帮哥们顶住”，第一句话就把我闷回去了，后来还说了一些苦衷，我就又没说出口。我想还是再干一年吧，把手底下的人都带熟了再离开。这个时候我通常都特没自我。

林童：我觉得你这样做挺好的，不是没自我，是不自私。对了，我们离开巴黎了，现在在柏林，三个月以后去西班牙，其实我一点也不喜欢巴黎，太吵、太脏、太中产阶级，衣食住行都贵。但是如果你来这里玩的话，可以住在我的朋友家，这样会节省一笔不小的开支。我们还有个朋友是摄影师，他太太是做乐器的，在南方有个房子，环境特美，人也很好。要是你能假期来，还可以夏天和他们一起去南方度假。

罗艺：我最近在看吉本芭娜娜的《不伦与南美》，很清淡但很感人，其实我挺想去南美的。

林童：我还挺喜欢她的东西，家里有几本她的书，你若有时间可以找出来翻翻，《厨房》和《蜜月旅行》都很短小。家里的书你都可以随便看，书是要人来读的，没有人看他们，他们会很伤心、流眼泪的。

马良：我去意大利找小伟了，正赶上他们那地震。

罗艺：我看新闻了，特严重，他们没事吧？

马良：他们住的老房子，没事。

罗艺：闹了半天，意大利也有豆腐渣工程，老房子比新房子结实？！

马良：他新租那房子挺棒的，带一花园，两人现在在意大利做宅男宅女，都有工作，平时就遛遛狗，做做饭，种种郁金香，谈谈恋爱。

罗艺：真滋润。小伟性格好，活泛，走哪也都顺。

马良：是呀，我觉得我就是有点轴。

罗艺：你心重，估计蹲马桶上拉屎的工夫都得琢磨事儿。

马良：你怎么知道？我真是这样，还爱自言自语，老自我反思。

罗艺：因为我也这样，嘿嘿，我姐们问我为什么老一个人旅行，连个说话的人都没有，我说我可以一路自言自语呀。

马良：前几天看了一个展览，都是生活用品创意设计的作品，特别棒，我觉得那些设计师都是孤独而浪漫的家伙。

罗艺：真自恋，说你自己呢吧？

马良：我是自卑，你知道意大利地震的时候，我在米兰，当时街上的人都跑来跑去，我就站在原地，一动不动，当时我特想狂笑，然后把自己给掐死。

罗艺：我不知道你在焦虑什么，但是放轻松，你实在太焦虑了，再这样下去会变成变态的。你不觉得你只是需要改变了吗？心念已经动了，但是大脑却还跟不上，你要对这个新鲜的自己感到很新鲜，才会喜欢自己，疼自己，做对的选择。

恢恢：那天我收到一封E-mail，你猜谁给我来的？Pedro的姥姥！她姥姥现在在学习上网。邮件里写：嘿，你们猜我是谁？我是Pedro的姥姥！

罗艺：真可爱！

恢恢：她姥姥现在是我的榜样，六十五岁的时候毅然离婚了，因为婚姻生活让她失去了自我。

罗艺：天真的老太太。我觉得女人之所以是女人，就是因为她们比男人天真。但最不天真的往往也是女人，是大多数女人。

恢恢：Pedro前段时间骑着毛驴横穿葡萄牙了，路上捡回了一只小狗，小狗现在被他姥姥养着。

罗艺：你是不是有点爱Pedro？

恢恢：我对他的爱跟对一朵花的爱一样，他对我的爱就像对一只流浪狗，我们是在精神上可以畅谈互相交流烦恼的人，如果这是爱那就是爱，但不是那种男欢女爱。

林童：我在飞机上，有个一岁多的小孩一直叫我阿姨，叫了一路，后来才知道她和我同样的名字。我和她妈妈又一起转机到了杜塞尔多夫，不过这里的中国人都有些戒备，所以也没留联系方式。倒是路上遇到东南亚的女子，相逢一笑，彼此会意同是天涯沦落人的心境。

罗艺：你想北京了吗？

林童：不，我有时候真想把北京都忘了，好像一生下来就三十岁了。怎么那么不喜欢北京呢，有时候想努力找些回忆，实在少得可怜。我非乐但依旧不思蜀。

罗艺：我懂，我们对北京的回忆仅仅只是北京人了，而不是北京。前几年去广东，你知道广东满大街都是大名牌LV，GUCCI，PARDA，回北京以后，出租车在北京城里转啊转，我心里就感觉北京太牛逼了，看着车窗外的年轻人，他们穿衣服都太不讲究，但那么有风格，每个人和每个人都不一样，这个城市没有潮流，北京人有自己一套对时尚的理解，但现在的北京，也满大街都是LV，GUCCI，PARDA了，你走在北京和走在广东没有区别，你和北京姑娘小伙子聊天，和广东姑娘小伙子聊天没有区别，前几年奢侈品在北京是什么人用的？——北京大妈，北京真是世风日下，很难想象明明几年前，只在地铁里看到大妈们会背的包，现在居然变成年轻人们津津乐道的时尚和自信了，可借助附庸风雅的时尚形成的自信从来都一文不值呀。

林童：德国这边没人用这些，英国人也低调，东西越旧越值钱，最好的是从父母那里传下来的。

罗艺：那天整理CD，翻出一张崔健的老唱片，里边有首歌叫《出走》，我听的时候感慨万千，他用近乎嘶吼的声音歌唱，表达的其实是我们的心声——

我闭上眼没有过去
我睁开眼只有我自己
我没别的说，我没别的做
我攥着手只管向前走
我张着口只管大声吼
我恨这个，我爱这个
咿呀咿呀……

Chapter10.

首都　因为躁，所以躁

北京，还有另外一个名字，首都。

人们来这座城市，在这座城市工作恋爱买房定居，不是因为这座城市是北京，而是因为这座城市是首都。

人们唾弃这座城市，不爱这座城市，以及他们说起这座城市的种种不好，这个时候它才叫北京。

北京只是北京人的北京，而首都是全国人民的首都。

那天罗艺的同事和她抱怨：我最讨厌北京女孩了，因为她们永远有退路，虽然她们也工作，但她们不会像外地女孩一样没怨言地工作，她们随时都不怕失去工作，大不了她们在北京还有个家。

罗艺一句话也没回应他，脑子里盘旋着：操！

要知道，外地人通常都是这样看北京人的，他们对北京人的针锋相对都是摆在北京人的面前的。在他们眼里，北京人就是一群天生吃软饭的废物，北京人的心直口快总被他们意淫成满肚子成见，而北京人之所以生在北京，不是得益于他们祖辈的奋斗，而是北京人的祖辈就不应该在北京有家。

缺少了喜，人总是不可爱的，用一种看不起他人的方式轻贱了自己。所以尽量不要去说，我不爱这个世界，也尽量不去提起，那些我们并不爱的人，尽量不去说，即使你真的让我受到了伤害。内心深处总还是希冀成为一个温柔用心的人，如果长着一张无论如何也改变不了的冷面孔，但还是有一颗无论如何也改变不了的温柔的心，即使内心的喜如此单薄，仿若浮萍，也不要轻言抱怨，让怨显得那么厚重。是对生命的审美让我们坚持生活在这座城市，并一直保持着一种愤怒而孤立的状态吗？于是，我们每天重复一遍我们的愤怒，我们每天说一遍无比难听的脏话，头脑里的两派对立思想始终都在交战，但始终，你仍旧是这座城市的孩子，倘若这座城市在是是非非面前选择低头，孩子的心必须洗耳恭听，与它同当。总之，我们无法在这座城市做一位真正的绅士。北京从来不养育绅士。这里盛产愤青、自由和变革。他们懂得礼让，但内心始终叛逆，他们喜欢抒情，但更喜欢有话直说直抒情怀，这是城市传承于人的精神与文化。

不可否认任何一座大城市，之所以不枉于大城市这个称呼，首先它必须是包容的，柏林、伦敦、巴黎、罗马、纽约……不只是北京，这些首都既是孕育梦想的产房，也是饱尝最多义愤填膺的众矢之的，大城市不仅仅只是面积上的大而已。人脉在这些地方铺天盖地，所有吝啬的心都会晕厥般地跪倒在它的深不可测里，它有时美妙得让人沉醉，迥然与迥异同在，有时空洞得像个巨大的停尸房，挤满了不择手段跪着行走的人。

廷雪池凌晨哭着打电话给罗艺，她说：你能出来陪我坐一坐吗？我已经来北京两年了，现在我非常怀疑当初的这个决定，也许我不应该来这里。

二十分钟之后，她们分别从城市的东西两个方向来到市中心的咖啡厅，以一个穿越的姿势，坐在了彼此的对面，这座城市总有某些人是你肯为他\她风尘仆仆穿越一切的。

廷雪池满脸是泪，并非真的伤心绝望，欲要打道回府，更多的是种宣泄，在这两年的生活里，她持续碰壁，日积月累下来的，只是这样一场无比渺小同时也格外巨大的宣泄。她一直很努力且慈悲待人，不计得失，也不止一次的以退为进，然而还是要被生活为难，似到绝路。两年前的决定或许孤注一掷，可也绝非草率，只是眼下，她的事业爱情梦想，一切，都在这一刻一同命悬一线。原本她是个坚强且秉性非凡的女孩，从十五岁开始，便独自承担起个人所有的学业生活费用，二十五岁的时候，挣到了自己的第一个一百万，她家庭残缺，年少时积累了很多伤害，但幸运的是仍旧靠着灵光闪动的天分得以无比健康地成长，可以说她全部生活习惯的养成，都是为了有朝一日可以倾其全身地献身她的梦想，而一个脑子里充满天真烂漫聪明想法的人，常常也是顾不上为赋新词强说愁的。在她成年后，天性里强大的心理承受力更是堪比品性优越的男子，她从不回忆过去，回忆伤害没有意义，她始终感谢她的经历，这令她无论性格还是命运，都截然于普通女孩。她从来不是一个害怕受伤害，并时时刻刻都斤斤计较、防备着如何不让自己受伤害的人。只是这一次，她强烈地预感到这个劫数不可逃。

廷雪池：我丈夫把我最喜欢的一本书扔到垃圾箱里了。他说我就是这样把他的事业扔到垃圾箱里的。

罗艺：为了你们共同的梦想，他的确付出太多了，这是我们都看到的，你要允许他发泄，并且不要怀疑，他是爱你的。你只是不习惯他大发雷霆而已，但这也是不能撼动你们之间感情的，你们之间是真的，是我见过的最好的爱情，只是在困境面前，你必须对你的爱人比往日更加慷慨。以前是他来救你，现在轮到你要救他。

廷雪池破涕为笑：有时候我常常想家，想南方，想家乡的朋友，你是我在北京唯一的朋友，遇到你以后，我才觉得北京也是我的家了。

罗艺：你知道吗？我这么晚跑出来见你，我只是心疼你们的爱情，它太不应该破碎了。他不仅是你的丈夫，你们之间是有精神沟通的，你知道我觉得我身边没有这样的结合。你们是唯一的。

廷雪池：罗艺其实你不快乐，虽然你很开朗，但是你是那种内心很痛苦的人，你把你的痛苦埋藏得很深，你不会像我一样把你叫出来，你会害羞于提起你内心的纠结，事实上你非常内向。但是我想告诉你，以后你可以信任我、告诉我，我永远爱你，并愿意为你分担。

罗艺惊诧：你怎么知道？别人都认为我很快乐，认为我把自己照顾得很好，其实真的很痛苦的，嘿嘿。

廷雪池：我看不出你的前世，但是我知道你是有来历的。让我看看你的手。

罗艺从来不给别人看手相，那意味着把自己的命泄露给别人，但是她毫不犹豫地把手伸给了廷雪池，在她伸出手的一刹那，她知道自己信任这个人，无比安心且非常自然。

廷雪池：你很聪明，学习东西总比别人快，似乎根本就不需要学习的过程，只是观察你就会了，其实这是前世带来的经验，你小时候身体不好，总是得病，你二十二岁的时候遇到你第一个男朋友，你当时眼睛歪了，哈哈哈，现在你多大?

罗艺：二十六。

廷雪池：你二十六七岁的时候会遇到一个人，你们彼此非常适合，但是不好的是，你们确定了对彼此的感觉之后，都得了一场大病。

难道是马良吗？罗艺觉得有点不可思议，她说服自己不要去相信，却又情不自禁地联想到马良。甚至在那以后的很长时间，她都不肯确定自己真的爱上了这个人。

廷雪池：手相是会变的，我只能看出这么多，但是你的过去都被清楚地刻在你手上了，对了，你还有一条出国线，但我想不是最近，因为现在它还没有生长得非常明显。

罗艺：廷雪池，我想你说的也许是对的，有些问题是我自己也没想明白的，而且我终于知道你为什么处理不好你自己的问题了，通常那些很灵的人，都处理不好最世俗最百姓的事情，你的心不擅长这个，它太飞了，你得让自己学会安静下来，拙一点傻一点，少感受自己，多感受他人。

廷雪池哭着来，笑着走，她们在咖啡厅门口拥抱，两个人都是烟消云散的。

三个月以后，廷雪池在罗艺的帮助下顺利地摆平了她的事业、爱情、忧郁以及自我，一切都越来越好起来了。春天，在北京，廷雪池成功地举办了她的第一次个人画展，但在庆功宴上，她却一脸犹疑地走向罗艺，似是小心翼翼地思考了许久，廷雪池用试探的语气告诉她：你要小心你的那个助手，她是来害你的。也许我不该这么说，也许你也不会相信我，但我还是很想告诉你，你对她太善良了。

罗艺当然知道廷雪池是爱她的，但是她很自信并且善意地回应廷雪池：小赵吗？她人很好的。就是不太善于表达，容易让人误会。

廷雪池对她笑了笑，欲言又止。所谓劫数，大抵都是命中注定的。

事实是廷雪池都一一言中了，她的确生过病并爱上了她怎么也不能相信的马良，她还的确被她万般相信的小赵的演技蒙蔽得一塌糊涂。

罗艺：当我发现她有问题的时候，我给了自己三个月的时间，这三个月，我观察到她有问题，一堆破绽，却一直不能说服自己她真的有问题，天知道，我只是自己麻痹自己，我信任她。她当然做贼心虚早有准备，打来电话和我哭，也在我面前哭过，我就像个傻帽儿男人一样，女人的眼泪可以轻易打乱我的判断，其实这是我的问题。她的方法一点都不高明。

马良哈哈大笑：有时候你确实太爷们，粗心大意的，她很清楚你的弱点，所以首先示弱，然后再哭给每一个人看而已。这是一场秀。

罗艺：其实人都是有欲望的，有欲望就是要利己，利己不一定是恶，我们都没自己想象中那么高尚，只是有人利己不害人，这样的欲望无伤大雅，就算挂在脸上也无妨，顶多算个鸡贼，但有人利己不惜害人，这就是恶，比如小赵这样的，把自己藏得太深，步步为营，处心积虑，你瞧，其实问题很简单。

马良：是人性的问题，你错在放了感情因素在职场里，当她伪装成老实人的时候，你就信以为真了，你同情她贫困，理解她需要机会，也为她创造机会，但是你没有看到她的野心，她不是脚踏实地的人，也没本领脚踏实地，就动了手段。

罗艺：我接受不了的事情，其实是万万没有想到第一个算计我害我的人竟然是她，而且不择手段到令人发指，她太急于求成了，所以那么有心计，这也是我最受打击的地方，因为我简直太信任她了，也给了她太多机会。

马良：君子在野，小人在位。你掉以轻心的部分，也是大部人难以想到的部分，所以不必责怪自己，你是带她入行的人，不感恩就算了，反而恩将仇报，犯了大忌的人只是她，且走且看吧。

罗艺：希特勒说过谎言说上一千遍就是真理，所以犯错的人也可以什么都不怕，只要一刻不停地说谎话就好了，这也是她到处给我造谣的原因。什么人可以恨我恨到这个地步？何况我从来没有伤害过她！

马良：她的心思我们懂不了，让小人赢一次吧。未尝不是一件好事。现在的北京，小人遍地，物是人非了。

罗艺：我想是我离开的时候了，从前我并不觉得有什么事情是让我束手无策的，这次可算领教了，就是遇到小人，和小人接触，首先自己也要变成小人，除此之外，还要耐得住扯皮，为了应付几个妇女，让自己也变成妇女，实在得不偿失。我累了，体力透支，再实际点地说，碰上这种事，的确也没什么好尽力而为的，太给他们丫脸了。

马良：你就是遇到小人了，所以一个字“撤”，然后好好关照一下自己真正的梦想，等你到了伦敦，我就从柏林骑小摩托去看你，还会带上一大把沿途采的小野花送你。

罗艺：这几天我一直在琢磨，其实我就是一个土生土长的北京人，北京人的优点和缺点都太明显，太容易被利用了。这世界很少有人像北京人一样，不肯改掉自己的弱点，也不屑去改变，虽然我的确去了梦寐以求的伦敦，但是是以一个完全出乎我意料的方式，你知道我的确从没想过自己是这样无力地结束在北京的生活的。

马良：人被规则玩，小人玩规则，很难听到真话，很难有机会讲真话，也不会有人愿意听真话。所以身处其中，必须无力。我们力不从心都在情理之中。

罗艺：我现在才恍然意识到，七年的工作，如同一日，不过是一味地在无聊的游戏规则里消磨时间罢了，而我以前的全部忍耐，在今天看来都毫无价值。

马良：所以感谢这些为你设计过逆境的小人，但是要记住你没什么好失落的！我只期待新的你。其实我们需要一些反面角色和负面的感受，使我们对自我的认识趋于丰满。比如虽然愤怒改变了我们的方向，也改变了梦的方向，但过尽千帆皆不是的滋味，也未尝不是七分失落三分醉，那三分醉便是收获。再比如我自己，是到了德国，在生病的一刹那，才知道了什么叫作绝对孤独，可现在的我比以前耐得住寂寞了，那玩意儿也再也对我没有威慑力了。

罗艺：其实我真爱北京，心疼它，就像心疼自己，心疼每一个生存在北京的孩子。但是你瞧，这座城市的游戏规则太欺善了，甚至已经大言不惭地干涉起人性了，可是善和实诚是从前北京人一辈子最宝贵的东西，永远不可能改变的。

马良：对呀，所以一个吃不起亏的人不是北京人。如果你有精神上强烈的诉求，你必须为此付出代价。等你迈出这一步以后，回头再去看，那些不过都是些人生的小浪花。

他们之间存在七小时的时差，没有对彼此生活细节的真实眼见，也不曾拥有共同经历的过去。不借助点点滴滴的来历，他们懂得对方，完全靠的是感应。

在还来不及参透这凭空而来的感知即是好感之前，罗艺清淡地认为，马良与自己之间的默契缘于他们是两个一模一样的孩子。他对她说，她对他说，彼此都感到很放心，且不寂寞，仅此而已。就是靠着这样一份超级迟钝且不知不觉的认知，两个人虽然一直做着靠近对方的动作，已然非常亲密，却对心之所向的速度没有一丝一毫的察觉。

马良每天都会给罗艺打上一小时的长途电话，和罗艺说话取代了他自言自语的嗜好，也渐渐变成了两个人共同的生活习惯。

某一天，罗艺正大脑放空地坐在马桶上，惬意地拖着下巴哼哼着小娟的《爱的路上千万里》，越哼哼越高兴，是在那个拉屎的时刻，她才豁然意识到自己内心里悄然发生着的微妙变化——已是很久没有拉屎拉得如此无忧无虑了，不是吗？自从有了马良这个听众，她沉甸甸的小心脏似乎轻松了许多，至少她已经不再在拉屎的时候皱着眉头思考问题了。于是她笑了笑，小小地想了想廷雪池的预言，但转一个念头便把这预言推翻得一干二净，她自言自语着不可能，这份关系的清淡才是最真实的。

她与他一见钟情，却从来不知道自己爱上了他，当他们发现彼此深深相爱的时候，已经发生了太多事情，而这些故事足以让他们错过彼此很多场。

Chapter11.

双城　可忘不可忘

老困，老在睡觉，老在做梦，精神衰弱或者精神分裂，昨夜梦里，菩萨来过，说南无阿弥陀佛，但忘记了是在什么场合发生了什么事情，不过可以肯定的，是在一个内心困境的时刻，然后她出现了，改变了时刻的气场，节奏。不记得了，尽管梦里使劲背诵来着。次日醒来，罗艺在网路上四处搜寻着各种演唱者的佛教音乐，然后她听到了《观世音菩萨发愿偈·大悲咒》，毫无知觉之中，已满脸是泪，这既不是感到了痛，也不是忽而得到了某种救赎，只是她感同身受着，这是一首关于愿望与困世的歌，它智慧慈悲写给芸芸众生，每一个字都与生命的体验暗合，她无法停下来，自然而然地变得宁静，就这样，静静地听了一天，也流泪了一天，长久地瘫在一把平日坐起来都感到非常不舒服的椅子上，却感觉不到不舒服。她为之凝神忘我的是心灵得到了醍醐灌顶般的洗涤，用一种从不曾体验过的泪流满面的方式。这是她第一次切身领会到“慈悲”这两个字的含义和重量——柔德纳天，心中困境，一刻寂灭。可以失去，也可以拥有，甚至不需要说出来，可以在一起，也可以不在一起，甚至不是随缘。

抽烟，洗衣，戒酒，戒谈心，1001遍地听了同一首歌，下雨了，很大。照旧是马良打来的电话，他正在爬山，罗艺听到电话那端的大风声、呼吸声、马车的声音，仿佛白日梦，永远地亲近靠近，共同呼吸，她默默地泪流满面着，永远与这个男人保持着一段很远又很近的距离，内心是毫不设防的……

罗艺：是马车的声音吗?

马良：不，是女人的高跟鞋。

罗艺：好像马蹄正在敲打地面。

马良是在肆无忌惮地贪恋她，他那么喜欢她，最好她就是自己的一部分，她酒醉一般充满诗意地想象着，爱是廉价的，纠缠与被纠缠，男欢女爱都是很小的爱，他们之间是什么？灵魂交织。

他酒醉一般充满诗意地想象着，她是萤火，一闪一闪地飞在他的面前，就像生活里的她，总是一跳一跳地走路，而这一切都给他莫名快乐的意向。

马良：罗艺你哭了吗？今天怎么这么不对劲?

南无大悲观世音愿我速知一切法

南无大悲观世音愿我早得智慧眼

南无大悲观世音愿我速度一切众

南无大悲观世音愿我早得善方便

南无大悲观世音愿我速乘般若船

南无大悲观世音愿我早得越苦海

南无大悲观世音愿我速得戒定道

南无大悲观世音愿我早登涅槃山

南无大悲观世音愿我速会无为舍

南无大悲观世音愿我早同法性身

我若向刀山刀山自摧折

我若向火汤火汤自枯竭

我若向地狱地狱自消灭

我若向饿鬼饿鬼自饱满

我若向修罗恶心自调伏

我若向畜生自得大智慧

乐乐，口气焦急：罗艺你哪呢？

罗艺心里特紧张想着他是不是出了什么事：家呢，怎么了？出事了吗？

乐乐：你没事吧？我就是以为你出事了呢，MSN不上，SNS删了，手机关机!

罗艺：没有没有，我挺好的，你怎么了？怎么那么着急？

乐乐：我这不是着急你嘛！真可以!

……

乐乐：你老不说话，嘴和脑子都该捂臭了!

罗艺默默想了想，其实她也说话，只是一天一天说话最多的人居然是那个离她最远的人，自己都觉得不可思议。

乐乐友爱地教育着她：以后失踪前跟我们说一下啊，我们是爱你的。

不管怎样说她都是个有毅力的孩子，在她内心陷入困境，整个人都要倒下的时候，她还是一门心思睁着眼睛，像水里的鱼一样，冰冷地游着，谁也看不出她脸上表情的变化，脸上的表情没有任何变化。

廷雪池：罗艺你好吗？今天在寺庙里，我为你求了一支签，看到答案的时候，我哭了，那支签说你在工作上看错了人，无论如何我爱你，答应我不要伤心，我们一起去见菩萨，好不好？我们只是去和菩萨说说话，跪下来，说说话而已。

廷雪池本是神经大条的女生，她哭着给罗艺打电话的时候，罗艺也哭了，撕心裂肺，说不出任何话，她号啕大哭，不是为自己的境遇，而是她感到廷雪池在溺爱她，她的心正在和她一起疼着。是疼爱。罗艺只感到那是一种强烈的很不快乐的感觉，她自责着自己让朋友们为她担心了。

她不想这样，但还是不受控制地对着电话宣泄一样地大哭。

廷雪池被吓坏了，故作轻松地用跳跃的孩子一样的语气说着：我们去北京香火最旺的庙，好不好？

罗艺：雪池，我从来不去任何寺庙，我从小对任何寺庙都有敬畏之感，我知道神的确存在，但我不可以向他们去祈求，我甚至不知道自己准确的信仰，我不允许自己这样做，那是种门外汉临时抱佛脚的贪婪。

廷雪池哭了：我们不是去祈求，我们只是和她去说说话，去和菩萨说说话，你只是需要说说话。好吗？

这是罗艺第一次去寺庙，坐在出租车上内心始终犹疑，廷雪池拉着她的手，牵她入院，倘若没有这个“牵”的动作，她依然是没有决心迈步的，然而她终于迈步了，是对廷雪池的信任，就像她第一次伸出手，把自己的掌纹透露给雪池一样。她甚至不知道应该以怎样的方式跪在菩萨面前，廷雪池怎样做着，她就怎样照做着，在一尊尊佛像面前，她许不出任何愿望，的确没有任何愿望，她本以为自己可以有很多诉求，然而她如此平静，没有任何诉求，莫名的神助一样的，她安然无恙了。

像小鹿一样跳跃着走出寺院，她说：谢谢你，雪池，我感到我的心很宁静，我没有向她许任何愿望，但她离我很近，她保佑着我，我说不出任何话。是你带我靠近她，了解她的存在。

廷雪池：我明白，语言是最平凡的，很多时候我们什么也不需要说，人与环境在摩擦、在挣扎，以及很多心声都是无法用语言表达的。佛力是一个环境，人力之外的外力，所以我们借力发力感到身体与环境的和谐，因为人力在神和信仰面前实在是太微弱了。你又笑了，我真为你高兴。

麦麦骑着小白摩托载着罗艺飞驰在北京环线的机动车道上，他们兜风，阴郁而逍遥。这么多年过去了，麦麦是唯一一个见面以后还会同她聊音乐聊电影的哥们。他们已经长大了，做着成人且非常世俗的工作，却乐此不疲地说着少年时热衷的话题，用阴阳顿挫的脏话，交流着和这个世界始终摽着劲儿的审美，无比满足。

麦麦：你听过左小祖咒吗？

罗艺：就那五音不全？

麦麦：现场特别牛逼，歌词也牛逼，唱的都是和这个时代有关的。他有首歌叫《大话喷子》“红军渡赤水，是我搭的桥，主席在陕西，吃的麦当劳”特匪！你回头听听。

罗艺：成，回家就听，我现在天天听崔健呢，《时代的晚上》，倍儿震撼！

麦麦：崔健一直牛逼，老炮儿。

热爱除了热爱，还一并夹带着愤怒和反叛的情绪，他们这拨一块长起来的北京少年都太爱说脏话了，似乎总需要比别人更多的震撼和发人深省的刺激，他们用“牛逼”赞美发人深省的人与事物，发自内心的，是他们温暖的心，可偏偏这样的心却永远也说不出温柔的话。特殊的时代背景造就了他们矛盾的人格，他们生于1981年、1982年、1983年，是内心矛盾的一代人。他们既有社会责任感，又一无所有；他们既有正义的使命感，却往往在强烈的道德感面前无法不择手段，软弱无力，成为“败者”。

麦麦：现在超女都二忽到没法看了，选的歌全都特缺，年轻的小孩简直都没法要了，当年李宇春是忽悠，但人李宇春至少还知道唱个《Zomibe》呢。

罗艺：不过，现在小孩都很自信。绝不怯场。

麦麦：无知呗。咱们这代人是思考的一代，从小就爱琢磨。70年代的人是反思的一代，他们年轻时没什么选择也没什么机会思考，老了以后光反思了。现在的小孩物质丰富，是科技的一代，他们不思考，丫们全都特科技。

罗艺：太科技了，情感上的东西就流失了，不敏感。

麦麦：你现在也不去看演出了吧?

罗艺：好几年不去了，没什么可看的，都特“山寨”，全是copy。

麦麦：不去看是对的，中国就是山寨大国，全世界只有两个地方盛产birt-pop，一个是英国，一个是中国。

罗艺哈哈大笑：一进 live house，一水儿cheap Monday。

麦麦：是够cheap的。

罗艺：人与人没区别，共性还来自于抄袭，太低端了，更遗憾的是我现在连谈恋爱都觉得人与人没差别了，比如和a恋爱和b恋爱都没有本质的区别，也许开端的时候会有各自不一样的浪漫，但是一处处，a和b总是没有太大区别的，过程都是一样的，就是开始的浪漫到最后全没了，全变成了各式各样的人性弱点。

麦麦：人和人本身就是没有多大区别。其实哪那么容易就有爱情了，大多数时候找个对象就是找个人和你玩伤害来伤害去的游戏。

罗艺：还是咱们这代人都太认真了，对什么都认真，对不可能的也认真，对不存在的也认真。

麦麦：姐们！听听左小祖咒吧！

和麦麦告别后，她上楼、打开房门、开灯，被布置得温馨女人味十足的房间，一个人睡，无比安静、疲倦，眼睛里似有似无的孤独，对于一个长时间都独住的人来说，孤独是可以忽略不计的，孤独——只是自己和自己相处，一个没有感情色彩的动作、动词而已，孤独不寂寞。那种所谓的强烈孤独感，反而是常常产生在物理上并不孤单的两个人或多个人的确定关系里，自我被外力束缚或拖着走，渴望却无法感知自己、对方、外界的强烈亏电感，没有本我，不存在超我，这时的孤独是一个形容词，也是富有感情色彩、抽象感性的名词。

罗艺介于以上两者之间，那种似有似无的孤独大抵是由过程不稳定、结果不明确的情感所引发，物理上她一个人，精神上她已被另一个人所占据，这种孤独是有感情色彩的动作，却一点也不抽象，甚至没有深度、浅度、波度、浓度的差别，孤独简单到只是一个表面现象，然而它的下面，暧昧铺排开来，有长度、无时无刻、且深不可测，比孤独难的，便是这些积压在下面没完没了的心理活动。似有似无，挥之不去，渴望不渴望，可忘不可忘，那是其他人已经开始常住进神经后的症状。

很认真地对待着麦麦的推荐，她打开电脑、音响，搜索到左小祖咒的音乐，然后听到了那首让她无比动容的《可忘不可忘》，左小祖咒用很匪的语气唱着血淋淋的忧伤——“不用怀疑你创造了自己，哭了一整天用你的方式”，这句话唱进了罗艺的心里，就像她白天的经历，本是一句十分煽情的歌词，却偏偏被祖咒的唱腔赋予了呛和颠覆的情商，这种奇怪的拧巴给了罗艺非常新鲜的思维和视角——一瞬间她领悟到，在这个时代下生活，忧伤无处不在的已经可以视而不见了。于是她作了一个决定，以《可忘不可忘》为背景音乐，很快她写好了辞职书，并网络预约了去欧洲旅行的签证，新的旅行开启了。

无法摆脱这样的一个事实
寻找欢笑 乐趣 生计
爱你的同时就相信不了自己
我的魂儿呀离开了我的身体

不用怀疑 你创造了自己
哭了一整天 用你的方式
我也不知道是什么东西
反正是一堆苦甜酸涩的玩意儿 喔喔

人世间可忘掉的又不可忘掉的是……

人世间可吃掉的又不可吃掉的是……

怎样地咳嗽才能忘掉你

怎样地哼哼才能忘不掉你

占一个相当大的比例

在梦里遇见你在夜里想起你 喔喔

人世间可忘掉的又不可忘掉的是……

人世间可吃掉的又不可吃掉的是……

上帝啊 我的上帝

这是怎么回事 这是怎么回事啊

Chapter12.

Neverland　旅行的意义

Neverland，永无岛，梦幻岛。如果你想遇见它，你就会遇见它。想是一个过程，也是一种坚持，可能很快，也可能很慢，但一定会与它不期而遇。这是一个关于得到与失去的故事，你在现实里失去过什么，你就会在永无岛里得到什么，而你在现实里得到过什么，你也会在永无岛里失去什么。永无岛和现实是两个永远不一样的永恒。遇见永无岛，开启我们的智慧。现实在哪里，永无岛就在哪里，你看见它，看不见它，它都在那里，永无岛无处不在。

在游历了戛纳、摩纳哥、尼斯之后，罗艺离开了法国南部，坐上了前往意大利热那亚的火车，留恋，但还是会毫不犹豫地离开，冥冥之中，靠的是那么一点点触目惊心的魔力。在尼斯的火车站，她神情惘然，对着大厅内即时更新的时刻表望眼欲穿，比失恋还敏感到眼前的分分就是秒秒。尼斯是个令她怦然心动的地方，在布满鹅卵石海滩的天使湾，一躺便是一天，蔚蓝之下，一面是海，一面是山，开通明达的景观，却阴柔暗语，给人贯体通慧，细腻情怀的恩惠。山海天环绕之城，人心自性宁静自得。真正流畅的生活，总是无须消遣与喧嚣的陪衬，静处于世的尼斯，便是对生活与人心之常常变幻无常的粉碎，它静谧沉沦，万象开阔，自然与人文相得益彰，身处其中，心旷神怡，无纠结不盲目，拥有灵修净化的绝佳氛围，罗艺体内根深蒂固的愤怒，被软化抽离，正所谓乘物以游心，必要先下百川。

每一个转角、街灯、人行道皆意味深长，深情款款。海面上虽千帆流动，你来我往，却无“过尽千帆皆不是”的凄然之象，只有行云流水的妙态，给人不诉离伤、黯然放下的启明。这座城的无懈可击之处，是一代代人对它传承般的善待保护与添砖加瓦，历史年轮之感的古建筑与现代化感性的生活方式和谐交融，纵观之下，既多情，亦有根基。不矛盾，一点也不矛盾地离开尼斯，虽然也黯然。

火车上，坐在她对面的美国女孩，也是独自出行的背包客，她与她一模一样，坦诚相见又自我抗争的眼神泄露了彼此同龄人的身份，两人以同样的姿势和蛮力，“啪”的一声，把背包甩在行李架上，轻率的举止带着奇特和爱憎分明的激情，显然她们都不是非常小心翼翼的人。罗艺掏出ipod开始听音乐，女孩掏出日记本开始写日记，那本日记已经用去了四分之三的部分，罗艺猜测着这个坐在对面的女孩，恐怕她在路上已经走了很久，或许她是一位作家，女孩还同时认真地阅读着一本《Lonely Planet 欧洲》，并在相应的页面上留下细致的笔记，神情是严肃而感性的，如果她不是个搞文字的家伙，也有可能是个嬉皮士，多情而喜欢冥思。

这个游戏让罗艺屡试不爽——在路上揣测坐在自己对面的陌生人，非常愉悦，她总会情不自禁地洋溢起一股好心的洞察力，相比在职场上，谨慎有戒心的自己，此刻这样一个满脑子温床想法的家伙，也更值得自己青睐。往往也是在这样的时候，会产生更好的灵感与心态，重新阅读过往的生活境遇，其实难言之隐、倦怠之心通通不分厚薄，每个路人踏上这趟火车，都怀着各自的窒闷故事，只是人在陌路，旅者眼中的所有美丽都是稍纵即逝，遇见它，即是与之擦肩而过，因为预先知道是短暂相逢，于是美丽在眼皮底下坠入再流走，也是在情感层面上坠入再流走，一颗温柔而珍惜的心早已忘记自己曾经经历过怎样的愤怒与不公才来到这个时刻，在明晃流离的风景中，流连忘返着，是因为寻到了幸福的根源，而再疼的过去，不过也是虚火一场，这便是罗艺旅行的意义——出走、忘我、发现我——温柔而珍惜。

头顶精神拉锯的负荷物烟消云散，刨除愤怒，一切都变得顺理成章，她亦是幽默风趣的女子，原本她就是有趣而奇思妙想的，只是现实常常让人变得一点也不真实，是现实驯化出愤怒，而只要你踏入大自然，仅仅在于迈出一步的契机，之后的天与地便本末倒置、天壤之别。听着音乐，沉浸在窗外的风景里，似是在静静等待着什么美好启迪的如期到来，列车穿越法国边境，进入意大利境内，规整的火车站变成了不羁且满地烟头的风貌，这里出产世界最美的华服，而列车员的制服较之法国制服的精致，显得粗糙且不顾形象，意大利的美妙完全不符合逻辑，它太过不修边幅、邋邋遢遢，必须与之沉沦才可懂得——这便是最接近人性也最接近天堂的风貌。

没有尼斯满大街的避孕套自动贩售机，意大利是香烟贩售机的王国，人们凶狠地抽着烟，烟蒂遍地，这片土地挤满了孤独、自我而渴望被爱的可人，他们懒洋洋的工作状态似曾相识，一边走思一边抽烟，百无聊赖地活在梦与现实的边缘，在现实里发梦，在半梦里若有所失。他们喜欢接吻，脆弱得像个婴儿；他们喜欢浪漫，莫衷一是的眼神放空，诉说着情欲；他们生来美丽，下巴擅自高扬，脸色亦高傲亦轻佻，表情亦微乎其微不着痕迹，亦轻吐情性呼之欲出。他们生活在风光和文物里，日积月累的人文是百转千回的天真和灯火阑珊的烂漫。

这是一片催人被爱情笼罩的土地，在五乡地的爱人小路，她独自看了日出，山路静得只有三三两两的夜钓爱好者，当太阳升起的时候，美景如同梦幻，令人唏嘘，她却只感到无比落寞，无人分享的动人心魄，只让这条孤身一人的爱人小路上洒满了深刻的缺失，美景太美，美到一个人承担不下，美景太美，美到仿佛受到大自然的过分溺爱，神魂颠倒的只缺一个亲吻。于是她收拾行囊，坐上了迅速离开的列车，前往都灵。她安慰着自己这只是对大自然奇美的受宠若惊，而非真的不能承受的孤独。

都灵给她安全感，它太像柏林，方方正正的城市，像所有的北方城市，穿行着酷而美丽的面孔，疏离的秩序感令她舒服而忘我，她回想起五乡地的经历，那一刻她虚弱得做不到忘我，她渴望一个爱人、一段缠绵、一双可以真切地握在手里的双手，闭上眼睛，坠落在另一个人的怀抱之中，可以贪婪地需索着对方的温暖，是自己的身体太冰冷，冰冷到毫无优势，所以内心不由升起一股超夸张的情欲吗？在都灵，她收获到北京女孩苏杨的热情款待，苏杨是个对食物极为敏感的女孩，只要在途经餐厅的门口闻一闻气味，便知道菜品的味道是否正宗，她带着罗艺四处暴吃，话题是彼此内心的困境，美味在很大程度上缓解字里行间的无奈，高热量的食品让人摄取越挫越勇的士气，食物总会慷慨地赋予精神不可思议的能量，在忧伤与渴望的井然里，她们说着支离破碎的烂事，得到交流的反而是让她们一往情深的甜蜜情操。

次日一起前往佩鲁贾，途经米兰，短暂逗留，声名在外的米兰，的确美女格外美丽，帅哥格外帅气，他们飘飘洒洒云云落落，可城似死城，只差一个醒目的灵魂，除了尤物美人，空无一物，如同所有繁忙的城，碌碌无为，挤满匆忙走路、脸色单调的行者，况味可怜，太过轻盈。尽管拥有全世界瞩目的火车站、大教堂以及足球队，可米兰值得一提的东西并不恢宏，足以一笔带过，她们在米兰大教堂附近的咖啡厅喝了美味的意式冰咖啡，便绝情地奔向了小伟所在的佩鲁贾。

“米兰，太不像是座意大利城市了，太陈词滥调了也，匪夷所思！”罗艺不遮掩地表达着好恶感，喜欢与不喜欢，都不吐不快，义无反顾。

北京女孩性格都是大相径庭的，苏杨同感道：“我也不喜欢米兰，太做作，不真实，没什么打动人心的地方。”

自打火车驶出了米兰，意大利的原色才再次显现，这里的阳光格外充裕，但并非赤裸裸地晒人，天低，云低，太阳很近，阳光是四面八方地倾注在风景里，明度、角度、暖度都微妙自得地流淌倾泻，仿佛置身于一场巨大的爱与被爱，太阳持久而感性地献身于大地，有时晃眼，有时静默，有时躲于云后，变化多端，多情有趣，她展示她的全部，蕴含千思万绪，她笼罩，她漫无边际，敞开怀抱，敏锐地感受着大地的需要，一气呵成，也苍劲博大，寻不见一丝咄咄逼人的人格，她拥有温柔而深沉的远见，自娱自乐般不紧不慢地游离在张扬与母性的暗渡陈仓之间，也并不介意大地的迟钝与笨拙，仿佛她的爱取之不竭，不求一声回应，而永恒的真谛便是爱追逐着无尽的爱，柔顺，并带着灵性智慧的光芒，不贪图于主宰任何生灵的命运，却让每一个蓬头垢面的灵魂渴望与之共振。

罗艺把额头贴在玻璃车窗上：我突然觉得这个世界上只有好女人，没有好男人。

苏杨：怎么冒出这么一个想法？

罗艺：你看外面，太阳是女人，大地是男人，大地在太阳面前，既无动于衷又无能为力。你不觉得他看起来像个娘们，太面了吗？

苏杨大笑，用手遮挡住刺眼的阳光：大地需要太阳远胜于太阳需要大地，就像男人需要女人，其实远胜于女人需要男人。

罗艺：至少大地对太阳的需要都非常实际，就像男人们需要女人，需要的只是女人，而不是她们复杂的感情。

苏杨：女人对男人的需要太感性，都是徒劳的。其实在男人身上无所图，因为男人女人完全是两个物种。

罗艺：除非女人要的也很实际，这世界大部分男欢女爱的结合，都是匪夷所思但各取所需安安乐乐的。

苏杨：比如一个坏女人嫁给一个坏男人，从此过上了幸福的生活。

罗艺：或许是我们追求的太虚无缥缈了，我们做不到太阳一样无私，又无法接受大地的无力。

苏杨：这是个坏女人和坏男人的世界。只缺爱人。

罗艺：大地的太太是天空，他们靠微风、雨露调情，互相取悦，太阳只是大地的情人，她有天空没有的一切，却比天空更远，其实只有她懂大地。

苏杨：大地没有爱人，就像男人不需要爱人，他们在老婆与情人之间周旋，很有一套。

罗艺：操！咱俩一唱一和地撰写了一个无比庸俗的故事。

苏杨：这个庸俗的故事居然是自然法则，妈的，天与地之间是深刻的缘分，甭管太阳与大地之间有多永恒的吸引力。

罗艺：再好的女人也做不到像太阳一样，无尽的真爱需要巨大的能量。

苏杨：所以太阳也有情人。

罗艺大笑：月亮，但还是个娘们。仿佛整个宇宙就是个母系社会。

苏杨：坏人听见了要指责咱们是女权主义者，太一派胡言了。他们会说明明就是男阳女阴、天阳地阴、日阳月阴的世界嘛。

罗艺：作为代表阴性的女性，咱们的审美的确太阳气了，但审美本身没错。

苏杨：现在男人阴气重也是事实，他们太做不起太阳了。

罗艺：阴阳失调，谁也别埋怨谁。

苏杨入神地看着窗外飞驰而过的风景：为什么都说太阳和月亮是一对儿，天空和大地是一对儿呢？我也觉得太阳和大地更像一对儿，他们彼此不同又互相吸引，这才是爱情的样子。

罗艺：也许天空更给大地相濡以沫的感觉。

苏杨：我不这样认为，你知道我听到你说“相濡以沫”这个词的时候，干眼症的眼睛都湿了，心里也一紧一揪起来，相濡以沫——简直太美好了，那么感性，在我心里，那是真爱，只有彼此有爱与被爱，才会去想要和谁相濡以沫。

罗艺：想象中的选择和现实的选择是不一样的，真正与大地日夜相守的是天空，不是太阳。

苏杨：相濡以沫不是很平凡的感觉，我看着你，你守着我，我就和你相濡以沫了，真正的相濡以沫是精神上的四目相对，是感受，绵绵不绝的你情我愿。感觉这东西，都是稍纵即逝的，但感受不会。其实问题的本质出在大地，大地被洗脑了，一个被相守、陪伴、岁月、现实洗过脑的空脑袋只有深刻而麻木的习惯，精神上、感受上的东西，哪怕只是感觉都少得可怜。

罗艺：总之，大地不需要爱人，他只需要被爱。

苏杨：太可恶了，让太阳把它晒暴！晒成戈壁、沙漠。看天空能为它呼风唤雨吗？

罗艺：可是太阳爱他，放过大地，所以意大利很美……

苏杨：都说意大利是上帝的后花园，上帝最偏爱意大利人，所以把他们造得很美，看来太阳也是偏爱意大利的大地，给它巨大的爱。

罗艺：我在想如果大地真的变成沙漠戈壁，天与地也仍旧还是一对儿。大地从来不需要天空为它做些什么，他只会记得天空同它一起干涸，一起震怒，一起欲哭无泪，它唯一的怒吼会指向太阳——太阳又自私又恶毒。这里面，天地的缘分更深一些，和太阳的太浅，而缘深缘浅、缘生缘灭都没有为什么，大地不懂太阳，天注定。

苏杨：突然想起张楚的歌词“姑娘不该是肥皂”，现在被我改了，“女人不该是太阳”。

罗艺：怪不得意大利人可以写出《我的太阳》这样的歌，太阳在这儿，就是有那么一股压倒一切的说服力！比起其他很多地方，意大利人得到了更多来自太阳的恩惠，所以他们也有灵感歌颂太阳，更懂得欣赏太阳。

苏杨：有时候我会想自己是不是太空虚了，所以才那么需要有份虚无缥缈的感情，每当这个想法开始有苗头，我就会控制自己波澜不惊，充实自己，不要胡思乱想。但后来想想，其实我不空虚的时候，比如现在，我坐在这里，对面坐着我的姐们，景色很美，阳光很好，我在太阳底下玩着自己的手指，手指怎样移动，影子就怎样天衣无缝地配合它。我会突然觉得我听不到自己内心的声音了。其实已经非常厌倦自己总是一遍一遍地控制自己了，不是吗？我想我们都很熟练地掌握了如何控制自己，比如很快地作出选择，在第一时间用大脑思考解决问题的方法，但这个方法从来不是用心的，心说我想要这个，大脑会说算了吧，因为大脑是违心的，所以精神永远也不是稳定的，它一直折腾，我想我的心在等待，永远在等待，可是在等待什么，却并不清楚。

罗艺：其实不是等待，是忍耐，你的心在忍耐，永远在忍耐。现在你终于累了，总是自己给自己打气，靠心理暗示能得到安慰吗？好累呀。其实我们只想做个女人、做自己、所谓那种纯阴性的符合大自然法则的物种，那是我们天生的样子，不是吗？只是这条做女人的路，走起来似乎非常曲折，一路妥协了很多事物与人，最后妥协来妥协去，换来的只是一场场的白妥协，于是便怀疑自己，常年这样小心翼翼抑制的结果，只是让心离自己越来越远了吗？与此同时，心的反抗意识也只会越来越强烈，最后，你终于发现，就是在我们竭尽全力顾全大局的时候，我们的意志也越来越削弱了，虚弱，是因为心受到了伤害。

苏杨：是我们在伤害自己，其实重要的不是有没有爱情，是我们没有做自己，从没有像样地爱过一场。

罗艺：没错！像太阳那样地爱一场，不计得失。所以现实是，你在这里陶醉地玩着手指，我坐在你的对面看着太阳，但我们心里却都很窝心。

苏杨：太阳是用心的。

罗艺：其实她那也是爱自己。爱自己，然后万人之上地爱别人。大地的无力以及大地到底能懂她多少，对太阳来说都不重要，太阳的爱一直都在万人之上。

苏杨：并且万人之上的说法，都是有证据的，她为大地做过什么，我们走到哪里，都会寻到一些，因为太阳给了大地最实际的东西，窗外我们看到的一切，植物、温度、田野、花朵的花期、浪漫的情怀……她爱过他一场，答案都在大地身上。

罗艺：太阳把心真是放得好低，大概她不会有忍耐、等待的感觉吧？其实太阳跟你有一样的追求，你们都要的是感受，可能她一看到大地就想要同他相濡以沫吧？哈哈。

苏杨：你说天空知道吗？

罗艺：天空永远不知道大地和太阳之间发生了什么，天空会打雷会下雨，他和大地一样，陶醉在漫无边际的稳定和调情里。柴米油盐这些小事也是有滋有味的，几亿年都不厌倦。

苏杨：我看天空和大地是都不知道天外有天。

罗艺：其实他们都知道，只是视而不见，也不走心思罢了，他们为什么这样做？这里面有些说不出来的原因。

苏杨笑：可能为了社会的安定团结吧？我自己说这话都觉得特扫兴。几亿年的日子都这么过来了，天没有塌下来，大地也没有撞太阳，我们都见过流星，却从没见过流阳。

罗艺：但是自然没有永远的法则，说不定哪天大地突然掌握了太阳语呢，于是大地学会的第一个词就是和太阳说我爱你。

苏杨：或者他学会了打破常规的飞行，冲破云霄，迫不及待地和太阳在银河系追跑打闹。

罗艺：也有可能大地什么也不说，只是一直忧郁地孤独飞行，当他看到太阳的时候，忐忑的心，笑了。这时，大地才恍然意识到自己一直飞行的原因，其实只是为了遇见太阳。

苏杨：但是，太阳已经有了新的爱人。太阳已经不爱大地了。

罗艺：大地来晚了，虽然他终于变成了完美的大地，但是天狼星先于大地，让太阳感受到了做个女人的滋味。大地从来不知道太阳会哭，但是天狼星一直远远地注视着太阳的一朝一夕，只有天狼星懂得太阳的眼泪，它们还来不及凝结成水珠，便被炙热的火焰吞噬，太阳总是撕心裂肺而忘我地沉浸在默然的自我燃烧里，能够让万物复苏的无穷能量也把她疲惫不堪早已四分五裂的心掩盖得严严实实，外人永远看不到太阳的心神不宁，别说看，想都不会想到的。天狼星流泪了，他想抱抱太阳，可是太阳实在太烫了，他只好兀自地飞向太阳，心一路都在流泪，可是越靠近太阳，眼睛便再也流不出眼泪，和太阳的眼泪一样，天狼星的眼泪也挥发在源源不断的炙热里，因为他的眼泪变成了爱。天狼星对太阳说：我从来没见过不会发脾气的心，如果你忧伤了，但不会流眼泪，那也没关系，因为从现在开始的任何时候，你可以对我怒吼，灼烧我，我都与你在一起，感同身受。

苏杨：天狼星给了太阳一个做女人的理由，她可以做她自己了，一个阴性心灵得到阳性精神保护的女人，仅此而已，却是最动人的理由，太阳一定会很爱很爱他。因为天狼星真的懂她。

罗艺和苏杨都是了解自己缺陷、优点、偏执、梦想的女孩，这样的女孩有时愤怒，有时激烈，有时也计较，但归根到底，她们都是渴望回归、活出温和性情的女孩。她们用特殊的方式对话，一路上编着不切实际的故事，流畅并棋逢对手，整个编故事的过程，其实是她们换了种轻松的方式，继续认真思考着各自长久以来都悬而未决的心事，而故事完毕的时刻，她们的心亦各自有了明朗的取舍。人们在举棋不定的时候，会迷信于方法与理智，只是解决问题常常靠的，也不尽全是方法，大部分时候，也只是就差那么一个一触即发的新思维罢了，如果有幸同默契的伙伴擦出几束火花，心底感觉自是妙不可言，比起绞尽脑汁的反复斟酌，交流的过程，不光让人感到戏剧性峰回路转的快感，话题引人入胜的牵引也常常一发不可收拾，焕然一新的还有心情，如此酣畅淋漓。

苏杨：你认为大地在发现真相以后会怎样？

罗艺：远行，他从前就很想环游整个银河系，现在大地终于可以如愿以偿，开启一段新的旅程了。

苏杨：他难过悔恨吗？

罗艺：他或许难过或许不难过，你要知道现在的大地已经成长为成熟的大地了，他学会了主动作决定，听从自己的心，并隐藏起一切不必要流露的感受，最重要的改变是，他终于学会了牺牲，而心甘情愿的牺牲从来都很难讲那到底是难过还是不难过。当他看到太阳凝望天狼星的眼神时，大地的心就碎了，从前太阳也是那样注视他的，天狼星的表面，既没有植物也没有风景，太阳只是照亮天狼星，他们之间没有像太阳与大地那样炙热，但是他们之间只有爱，纯净而完整的爱。有力的、双方的，而不是受益者和被受益者之间的单方面交易，他体验到了太阳从前的感受。你知道，他其实从来都并不清楚自己伤害太阳到底到了一个怎样的程度？现在他知道了，这个程度叫心碎。

苏杨：远行为了遗忘？

罗艺：不，远行是大地的心愿。从前他总一厢情愿地想象着可以把所有的问题都带到路上再去思考，他问自己到底想要什么，答案都在路上等他，这样大地就不用自己作决定了。其实只是逃避作决定而已，他自转、公转、原地打转，兜过数不清的无谓圈圈，放眼望去，都是熟悉的风景，整天思量着如何旅行，却从不曾上路，现在他终于上路了，却发现再也不需要作任何决定了，这时他才明白旅行只是旅行，只要看风景就好了，每经过一个行星，他便停下来和他们说你好，他的心从来没有如此平静过。平静地面对内心的困境。这是没啥好躲的过程。

苏杨：大地真是个傻帽儿，我给这个故事配了首片尾曲，Coldplay的《科学家》。

编着编着，他们就到了佩鲁贾，罗艺有些良好的预感，但是她还是没有料到，等待她的是一片Neverland。

Coldplay《the Scientist》

Come up to meet you, tell you I'm sorry

You don't know how lovely you are

I had to find you

Tell you I need you

Tell you I set you apart

Tell me your secrets

Ask me your questions

Oh, let's go back to the start

Running in circles

Coming up tales

Heads on a science apart

Nobody said it was easy

It's such a shame for us to part

Nobody said it was easy

No one ever said it would be this hard

Oh, take me back to the start

I was just guessing

At numbers and figures

Pulling your puzzles apart

Questions of science
Science and progress
Do not speak as loud as my heart

Tell me you love me
Come back and haunt me
Oh, and I rush to the start

Running in circles
Chasing tales
Coming back as we are

Nobody said it was easy
Oh, it's such a shame for us to part
Nobody said it was easy
No one ever said it would be so hard

I'm going back to the start

Chapter13.

佩鲁贾　疯狂小山城

钻出佩鲁贾的站台，迎接苏杨和罗艺的是她们的哥们——小伟，她们给小伟起了个外号叫“爱妻号”，超会疼女朋友的小伟，无微不至起来，简直像个传说。在小伟身上有个奇相——因为他太会疼人，所以凡是他人走到哪儿，甜甜蜜蜜的日子也都跟着他到哪儿，由此他还得来了另外一个雅号“福娃”，简而言之，“福娃”的能耐就是吸福避劫。少了大多数中国留学生的苦呵呵和不得志，小伟在意大利的生活左右逢源，顺心随意，和女朋友一起退了学，在市中心租了价格不菲、很大、带花园的房子之后，便开始热情忙活起两人共同经营的事业，他们开了自己的设计工作室，生意挺好，很快也提前步入了小康。

苏杨和罗艺戏称着小伟的花园大房子是庄园。在回“小伟庄园”的路上，小伟满口京腔儿地和姐们侃侃而谈着佩鲁贾的美丽旧闻，亲昵的语气仿佛正在谈起的是自己的故乡——北京市东城区，话里话外，尽是情感。让姐们佩服的还有，这位哥们精力实在太旺盛，进入“庄园”扑面而来的就是一股亲切浓郁的北京style——不务正业，小伟把挨老北京那套儿兴风作浪的顽主精神，原窝不动地照搬到意大利，北京人好养个花鸟鱼虫，没事儿淘个宝贝，“小伟庄园”里培植了郁金香，养蛇养狗，房东还留给他一水古董家具。他的生活真是完全不嫌麻烦的优哉游哉，不亦乐乎。

苏杨和罗艺饱含着羡慕嫉妒恨地赞美着：坏男人，您活得也太滋了吧？

小伟调皮地反嘴道：两个坏女人！

三个人贫嘴滑舌地聊着一路见闻和彼此生活，落魄辛酸的经历从他们嘴里吐出来，全变成了笑话，也不知道为什么都那么高兴，二百五地哈哈大笑着，气场这东西看不见摸不着，又从来都是最重要又微妙的。让罗艺万万没有想到的是，这时另一个二百五出现了——马良，他乐呵呵地拖着一张大比萨，晃进了房间，完全熟门熟路的样子，“你好呀，罗老师”。他为什么会出现在意大利？公开的说法是和在柏林一起读书的意大利同学来这边考察，私底下又非常不好意思地悄悄告诉罗艺：“其实我也想看你，这样不是两全其美嘛。”他说话的样子有点犹豫，说出来的话却滴水不漏，罗艺看着眼前这个矛盾的胖子，没有遐想，并不追问，更没心思调戏他，只是无言，但心里多多少少有丝异样，她觉得自己实在也没有义务了解清楚这句话的真意，倘若真有好感，他们之间也不可能发生什么，因为他不是一个人。

他们的心是彼此熟悉的，电话里，这个人每天都和自己对话，他们抚慰彼此的心灵，他的笑声、叹息的方式、说话的语气、为什么忧伤、为什么快乐都是她非常熟悉的。可就是这张面孔，看过去却怎样都带着几分生分，这时她才回想起来，两人见面的次数，说来屈指可数，但偏偏又认识彼此很深。他坐在她对面，抽烟、说话、哈哈大笑，她看着他，仿佛他的身体和灵魂彼此分离，一个很陌生，一个很熟悉。

不知道这算不算心里有鬼，那么多细腻的小火苗在脑子里扑扑地窜着，他们的确都没心怀鬼胎，却莫名变得想东想西，比天上的繁星还要细碎。说得粗俗点，其实这就是干柴遇到烈火的自然反应，可是两个人都文艺，不肯把事情想得很粗俗，其实什么是心仪呢？心仪就是粗俗的蠢蠢欲动，保留层面纱也是最粗俗的，而粗俗就是最实实在在的生活。不过他们都真的好文艺，以为所有的美好故事都只起源于某个圣洁的开始。可真实的答案却是——未必。

有时灵魂牵引身体，有时身体牵引灵魂，有时别人的身体牵引自己的身体，有时别人的灵魂牵引自己的灵魂，有时别人的灵魂牵引自己的身体，有时别人的身体牵引自己的灵魂，最好的答案永远只有一个，可惜特别二的选择却总是那么那么地不成比例地多，人一不小心就犯二，自投罗网。

马良分不清楚到底是这个女孩的灵魂在牵引自己的身体，还是她的身体在牵引自己的灵魂，她是他的性幻想已经很久了，现在她坐在自己对面，小烟一刻不停着，超级爱笑，一笑总是眯眯眼，安静又古灵精怪，他在心里默默赋予她许多美好的词汇，甚至还有股冲动想告诉她：你真可爱。最终他的想法停留在——她仿佛是一丝不挂地坐在自己对面，性感而纯真，他像嗑了药一样，呼唤着一场可以抚平悲伤的性爱。

当然他们之间什么也没有发生，这只是一些特别隐私的想法，一点也不影响他在下一时段继续若无其事地发挥。朋友们之间无话不谈的快乐也有效地牵制了他短暂的神游。不过他注意到了，罗艺和他一样，爱走神，有时候她的眼神根本就是停在空气里的，他想她想的应该不是些什么美事儿，表情看起来有点凝重，估计她累了，不过还是很开心起劲儿地享受着与朋友们在一起的时光，这个矛盾又简单的小傻瓜。那天晚上他做了个梦，梦见罗艺吃西瓜，红红的，一边吃一边玩，还到处乱喷着子儿，吃完了就在床上打滚，他用男人哄女人的口吻享受地跟她说："好啦好啦别闹了——"他拉着长音，怕她从床上滚到地上再摔着，又恨不得她最好能再多折腾会儿。梦醒了以后，他看着墙角发呆，回味着梦，后来发现自己其实就是喜欢跟罗艺一块儿玩，一看见她就想跟她一块玩，一跟她玩就什么也不想干了，也根本没法工作了。其实罗艺也不闹腾，就是他俩老能有的玩，随便说点儿什么都是在玩，都好玩。

是在第二天罗艺才重新习惯了马良那张脸，他已经不陌生了，她已经回忆起在柏林、在北京、他们在一起时，他脸上表情、脂肪、五官的惯用运动轨迹，这还是她第一次体会到人与人相隔太远的物理距离，连记忆力都会受到破坏，破坏力可谓显而易见——她忘记了他的脸。精神上的靠近，一点也经受不起物理上太遥远的推敲，尽管越洋电话曾让她感到过他离自己很近，她记得他在电话里每日的牵挂和有趣、令人陶醉的话题，记得自己是如何觉得彼此的心仿佛只有一个手臂的距离，若即若离，一个挥手便可赢得满个怀抱，但面对面的一刻，他是她的陌生人，她不光忘记了他的脸，她忘记了很多，忘记了他们曾经在一起那些非常真实的感觉。

马良同样也是失忆的，他又何尝不是在重新认识罗艺？只是他对她的热情并不完全靠记忆，记忆交织着荷尔蒙或者新鲜感。热情，并越发强烈，都是非常真实的感受。他们的心越含情脉脉，他们的眼光便越若有似无，他们四目相对，在对方的眼里，读到的只是自己内心激流的回响，这个激流沉寂在心里，孤独许久，眼下，它被微风轻轻吹起，扬起的是感官崭新又确切的梦寐以求。他们用自己的感官，接触对方的感官，省略用记忆辨别真伪的关卡，因为这个人就在眼前，一切的感官正在自然而然地自行丰满充盈。

像沉溺在水中的新生婴儿，来到世间曾穿越过环境变迁的巨大刺激，才变作真正的孩童，可一旦冒着溺死的危险回到水中，再一次的沉溺，倒映出的只是他们在漩涡激澜里振奋有力而酣畅淋漓的游动轨迹，那美妙的轨迹像即兴的画作，写意随性的下面，赤子般虔诚，心向回归的暗语呼之欲出，真的可以在水中自如呼吸？这简直太酷了，不是吗？大口呼吸，并不依靠一丝记忆，甚至记不得自己来自何方，又有过怎样的经历，魔力附身般的驾轻就熟和豁然开朗的一往情深，似乎都要有亏神助，可神力突如其来的慧能恩赐又何尝不是自己与生俱来的本能复苏？

记忆是包裹在胎儿周身的一层羊水，羊水破了，胎儿诞生，世人把胎儿哭着反抗世界的样子当作生命出世的安然无恙，往后漫长的时日，足够磨平孩童水中呼吸的本领，而羊水也会被更“合乎情理”的新营养取代。正如羊水与孩子的关系，这世间的所有事物和情感关系通通可以套用，记忆这东西，可以存在，也可以从来没有存在过，有种关系不需要记忆来维护，他们遇到对方，像个宝贝一样沉浸在对方灵魂的羊水里大口呼吸、万般相适，一起呼吸就是他们共同掌握的本领，呼吸会带领他们逃离现实厚重的大气层，成为那个把心放平离上帝很近的人。他们都知道在遇到彼此之前，自己曾经历过怎样的磨难，只有上帝和他们自己知道，他们爱上了彼此，而这不是一种罪！

某一刻，两人刚好目光交锋，甚至都谈不上是眼神交错，但是同时地、毫无征兆地，他们拥抱亲吻，以情人间特有的姿态，激烈。那种混杂着强烈吸引力和激情的拥抱，很明显，他们并不是那种常常都可以在一起的恋人。

马良：我喜欢你，我特喜欢你，第一眼看见你，我就喜欢你，我喜欢你老是笑眯眯，我喜欢你很安静，我喜欢你的眼睛，我喜欢你我们都是傻瓜，可你比我的父母还了解我。

罗艺：我爱你！我爱你！

好吧，那天他们在酒精的作用下，显得格外大胆，他们都感觉自己的激情被压抑了许久，甚至根本将身边的小伟视为透明的空气，这令小伟备感尴尬，按捺不住，只好很灰色地退席。

从那以后佩鲁贾之行，就变成了他俩的单独行动，脱离组织显得特别不懂事，但根本没法控制。一对激烈空有热情的人，是看不到周围的，一味地沉浸在自己的方向里，只在热情渐行渐远之时，眼里才容得下别人。

马良也完全不工作了，他带着罗艺去看《天使爱美丽》的手风琴手，那个手风琴手就在大街上卖艺维生，恋爱总带给女人酒醉般的出其不意，这时她们会变得特别可爱。

罗艺在月光下摇晃着身体：你跟我跳支舞吧。

马良坐在草地上显得特别不好意思，罗艺伸手一边拉他一边说：这是我的愿望！

她那么倔犟，无法拒绝。他们抱在一起，在黑暗里，嘣嚓嚓地挪动着步伐、转圈，罗艺清醒地看着她的爱人是怎样从害羞变得意兴盎然，他甚至开始带领她跳舞，引领她转圈，还带着她玩了一个好莱坞式的下腰。

一切都甜美极了。

有些女孩天生不懂需索，认为稳定不应该通过需索、布局、操控这些精明的手段占为己有。感情可以常在，爱情不求目的，她们透过观察，去判断哪个男人与之相适，共度一生或许是她们如所有女孩一样爱情之始的直觉，也不回避那的确是在爱人之时的心之向往，但这种平静的愿望从来不应该被强调并沦为硬性规定的指标，她们宁愿生活可以不从人愿，也不要破坏随缘、顺其自然的准则，爱更是一种审美。没有谁天生就该是谁一生的朋友、爱人、信徒。时间是一把钥匙，通向哪里、有何际遇都不一定。

然而生之为人，便有局限，无论多幸福，内心仍有不满足、有软弱、有不冷静、有奢求，时间也就变成了黑洞，爱亦卑微。只有不断修行自己的心，不急切不预设，耐得住寂寞，才可爱得高贵磊落，时间单位是不会精确地计算出爱情之深浅的，很短可以很深刻，很长可以很肤浅。所以摧毁人的永远不会是爱，只有爱会被人摧毁。精明本身也并不神秘，神秘的是爱情本身，最简单又难以说清的爱，它给予我们真善美的抚慰，也大剂量地催化着贪恋和私欲，以罗艺的审美，相爱的两个人必须保留各自的独立不移和自由，她不屑于做一个精明的女人，所以她在马良面前肆无忌惮地流泪，却做不到真正的楚楚可怜，当然，很现实的是这一切都冒着随时永远失去的风险，她很清楚。

有时她也质疑自己，比如过度坚强的女子或许注定很难幸福，她们总是在最爱的时候也有勇气和爱人分开，甚至是永远地分开，把自己一身内伤只交给时间消化。这样的一双男女，他们是彼此的爱人、朋友、克星、露水、陌路。或许更多，或许更少，更或许只是——仅此而已。但是，这什么也说明不了。

她决定独自去威尼斯，那一晚他俩都没睡，罗艺泡在网上订旅店，想旅行方案，马良则坐在对面，上网查工作资料，音响里一直放着小娟的《爱的路上千万里》，他时不时地跟着音乐一起吹口哨——

爱的路千万里

我们要走过去

别彷徨别犹豫　我和你在一起

高山在云雾里　也要勇敢地爬过去

大海上暴风雨　只要不灰心不失意

有困难我们彼此要鼓励

有快乐要珍惜

使人生变得分外美丽

爱的路上只有我和你

妈的，这简直不是人过的日子，现实和幻觉混在一起，亦真亦幻，马良照旧给罗艺留了张字条“一路顺风”，但她急急忙忙地就出发了，根本没看到他的用心良苦。

Chapter14.

威尼斯 情人

在火车站用了早餐，意大利浓缩咖啡加巧克力牛角面包，一个人妖站在罗艺身旁，肆无忌惮地调戏着咖啡厅的每一个男人，人妖说话的样子像所有受了刺激的妇女一样，大嗓门外加矫饰不自然的骄傲，漂染的金发、丰满的胸部、粉色低胸超短裙、夸张的性感、腿上满是伤疤、疲惫的黑眼圈、花了的眼线，像所有憔悴的女人一样，她不幸福，但或许快乐，自得其乐，天知道。

在火车上随意播放着ipod，听到那个她从不曾留意过的歌手——王若琳，甚至回忆不起来是在怎样的情境下，把她塞进了ipod，一曲《I love you》，像所有通俗的情歌，直白的内容总是万能，和她从事的工作有关，罗艺习惯下意识地区别歌曲创作者背后的动机，毫无疑问《I love you》的创作者是奔着排行榜金曲的目标去的，以煽情的副歌作为开头，既是对旋律本身的自信，也是小小刻意的先入为主，罗艺了解这是流行歌曲如是一般的情绪调动手法，可听到它的时候，还是内心反应异常激烈，无法控制地泪流满面，或许是心痛，或许是迷茫，又或许只是被意外说破，但的确无比舒服，排行榜金曲果然名不虚传。此刻她所有的烦恼都给她感觉，而感觉是什么？她说不清楚，一切都存在于冥冥之中，她所能意识到的，只是自己已经有所改变，这改变打破了情感与理智的平衡，让所有的思绪运转起来已不再那么自如，她感受到自己正在被动地冲破着什么，可那是什么？

反复循环播放着，完全不顾及路人的目光，她想到自己一定是寂寞了好久，所以才在如此疲惫的路上，轻得像片心事重重的羽毛，想要着陆却永远不能着陆。而那些赤裸裸又较劲的歌词，却与自己的境遇遐思恰好暗合，分不清她对马良的情有独钟到底是占有欲还是真爱。好的爱情到底应该是什么样子？拥有怎样的心情？急切还是安安静静？平衡怎样的感性与理性？如果一个人走得快了一些，另一个人会不会不顾一切地追赶？好的爱情是个谜，坏的爱情也是个谜，所能做的只能是体验，义无反顾地去试。

《I love you》

Remember when you used to hold me

Remember when you made me cry

You said you loved me

Oh you did

Yes you do

一直以来，她都是方向感极强的人，但在威尼斯，她疯狂地迷路了，从不怕迷路的她，漫无目的地走着，累了就坐下来休息，每一次喘气都变得刻骨铭心，只因她心事重重。可从白天到深夜，却一直没有找到回旅店的路，喧嚣的街道渐渐变得寂静可怕，这是第一次在异乡，她感到如此害怕，绕来绕去，却总是回到原点，仿佛鬼撞墙，终于看到一位老爷爷，她赶忙掏出地图，指给他看她要去的位置，老爷爷说着意大利语一路送她，她完全听不懂他在说什么，他却一直不停地同她讲话，也并不介意她是否听懂，他指着远方示意她过河，敞开怀抱，同她拥抱，过桥的时候她一直默念马良的名字，借此抵消恐惧，她是个置身爱河的女孩，竟然对威尼斯的风景无动于衷。

马良告诉她威尼斯很美，可她嫌这儿太闹，或许真的很美，只是人多的地方，总让她心烦意乱。过桥的时候，正好赶上威尼斯警察追捕无照经营倒卖假名牌皮包的老黑，紧张追捕的情节像电影画面一样从眼前划过，她只感到自己的心，无比失落，慢动作的挪步，这感觉真操蛋，她憎恶自己爱上马良的感觉——她希望自己成为一个慎重的女人，但此刻她看起来太他妈的投入而激烈了。

在旅馆的花园，她静静地冥思着——她只想睡着，可以不想他，醒着想着的时候便浑身无力，她想他，睡不着，在黑暗密闭的空间里毫无来由地感到困难重重，无法辨别大部分思绪的主观客观，哪怕只有一丝伤害他人的可能，便不肯下手，不愿触碰任何可以激发起这个男人痛苦神经的话题，但也无法控制不去想。罗艺觉得自己流了很多眼泪，走了很多弯路，才让自己变成一个懂事的女孩，然后遇到马良，彼此有共鸣，并在某一天开始视他为珍宝，一直以来她都不是轻易相信和投入的女孩，然而奇妙的事总无法解释，马良却是一个让她省去诸多步骤、很轻快地便深爱起来的男人，那是一种并不冲动的直觉，千真万确，深心明了，无须筛选，具备美感。她可以感知他的痛苦、快乐、疯狂、谦卑……并不需要花费什么气力，他能够安抚她，仅仅只是一个手势，在精神上他们是一模一样的人，在一起的日子，罗艺很幸福，她从不去揣测他和女友之间的感情，不闻不问，她不需要了解那些详实的现实，只听命于直觉，她相信感知才是精神互动的本质，所以并不忧虑于危险和绝境。

现在罗艺躺在旅馆的床上，感到傻乎乎的慌张已被深深埋在体内，心散了。所有的选择、放弃都必须慎重，两人都早早过了对私奔有幻觉的年龄，况且这份爱也不具备足以让他们的全部精神得以翻山越岭于现实之上的实力。谁也没有计划过如何度过这最后重逢的几天，马良不提，罗艺不问，刻意维持着一种若无其事的理智气氛和轻松随机，希望在这最后的时刻，不至于针锋相对，浪漫殆尽。尽管内心充满了难以割舍和对回答的渴望，连梦里都是，除了忍耐下来，她什么也没有做，在梦里，马良穿着秋裤秋衣和她的居家毛线袜子，愤怒厉声地对她反复说着同一句话：“罗艺，我不爱你，罗艺，我不爱你……”他用整个胸腔清楚、坚决地吐着每一个发音，他不耐烦地摆着脑袋，显然她让他发疯了，那个“不”字无比刺耳，一遍一遍地戳进她的心里，可他穿的竟然是现实里让他看起来最温和放松的衣服，从上到下都是他们曾生活在一起的痕迹和气味，那双袜子尤其天真。

归根到底，罗艺不适合卷入复杂的关系，她是一个对处理复杂人事完全没有天赋的人，待人接物直来直去，生活方式直来直去，天性思维直来直去，若偏让她置身于复杂，就像一个骑着倒车闸自行车，却一心要找手动闸的小笨孩，简化到只剩下一个心思——找到手动闸，一切只是徒劳无用。大部分时候她都是一个对生活反应迅速的人，只是一旦打破经验，让她矫情，就简单到立刻败下阵势，她不习惯自己有丰富的心理活动，需要用脑维系的关系违背她对事待人心无设防、率真感受的理想，对她而言这简直太不自然了，“什么是自然？为什么不自然？怎样自然？还能不能自然……”

这些问题成了她现在每天琢磨来琢磨去的大事儿，她完全想不起来还可以弹性、调试，比如，让一切放慢速度，或者完全停下来，只是休息。

后来她给自己找了一个很罗艺式的理由，罗艺式的就是善于修理自己的，无论如何都要修补自己的，与他人无关——“我很爱你，并且我知道你存在于这个世界，你来过我的世界，彼此有过相逢，这是最好的事情”，她宁愿就这样待着，以一种深爱的姿势，不去控制，也完全不舍得停下来，日子会一天天过去的，一天一天，很快，便过去了。结尾早就已经被写好了，不是吗？结尾之后的事情就等它们真的到来以后，再慢慢想吧。

Chapter15.

维罗纳　爱人在天国

罗艺离开了威尼斯，简直一天也待不下去，她来到了维罗纳，罗密欧与朱丽叶的故乡，她算计着可以在这个爱情诞生的故乡沾点儿仙气。那时候她还不懂，其实和转换地点没有关系，只是当她投入地爱一个人的时候，会产生巨大的幻觉，在他亲吻她的时候，她便觉得他救了她。

她吃着各种不同味道的冰激凌穿梭在维罗纳的街头，不匆忙走路，因为是她真正喜欢的城市，但城市玲珑精致，拿着宾馆提供的旅行地图，只用了一天时间，便把重点景点捋了一遍，罗密欧与朱丽叶的故居、广场、斗兽场、教堂、商业街……印象深刻的还有街道四处林立的栗子树，满地散落着成熟的栗子，就这样走来走去，把自己消耗掉，很有意义，因为她觉得自己只沉浸在自己的世界，既没有牵绊她的狗屁情歌，也没有一知半解的狗屁爱情，她拿着地图问路，大概是个很傻帽儿的行为，通常她不这样做，似乎她很需要找个人说话，于是她举着地图和一个陌生人说："这条街，请告诉我方向。"

陌生人皱着眉头，不知道怎样用英语解释给她，虽然他试图说清，但似乎非常难走，他满脸难色，罗艺反应敏捷地跟他说："谢谢，我再问问别人好了。"

但他追上罗艺："我有车，开车带你去好了，车上有GPS。"

罗艺是一个野惯了的人，丰富的旅行经验培养了她识别好人坏人的本领（当然仅限于生来头脑简单的外国人），而眼前的这位绅士绝对是个老实人，于是她高兴地接受了他的邀请。

汽车后座上，堆满了各种图纸，透露了他的职业，显然，他是个建筑师。

聊天的过程中，她得知他还是个音乐家，每个月都要去柏林进行一次演出。

他以为罗艺只是一个大学生，罗艺告诉他，她已经工作七年，他觉得十分不可思议，说她长得太像一个孩子。

绅士给她听了自己的音乐，她在国内接触过不少音乐家，但是她万万没有想到的是，这位看起来有些木讷的绅士，弹奏出来的音符竟然如此动人心魄。

她敏感地问他：你信佛教对吗？

绅士答：是的。

绅士弹奏的每一个音符都仿佛是从灵魂里泻出来一样，清澈得不可思议，他唱着她完全听不懂的语言，这是她第一次深刻地感觉到——音乐无国界。

他的音乐时而疯狂，时而宁静，充满了人性的矛盾和打破矛盾的疯狂，后来她听到一首简单的只有bassline打底的歌曲，纯洁得仿佛触摸到天空上的云朵。

她问他：这是写给你的爱人的吗？

他目不侧视，似有遐想，用直白的英语告诉她：我不想离开她，我还是离开了她，但是我一直在想念她。你知道，男人是需要很长的时间，才知道自己到底想要什么的。

罗艺：她现在结婚了吗？

他转过头，忧伤地看着她：她死了。

……

他手握方向盘，笃定地掌握着方向，许久，才平静下来，用舒缓的语气告诉她：这是我做过的最坏的事情。

之后的一路，他们都无语，只有GPS在不停地说话，罗艺不知道怎样安慰绅士。

在绅士带她找到宾馆的时候，停下车，她对绅士说：我也要告诉你一个我的秘密，我爱上了一个男孩，但是我并不知道他的心意，所以我来到这里，遇见你，我想告诉你的还有，我也是做音乐的，我喜欢你的音乐，你是我在生活里遇见过的最伟大的音乐家，如果你相信佛的存在，我想说的是，孤独也只是我们生活的一部分，我爱你，希望你幸福，我爱你的音乐。

绅士像看个孩子一样温柔地注视她，敞开双臂拥抱了她：那个不爱你的男孩，不知道他失去了最宝贵的东西，你怎么才告诉我你做音乐？

罗艺：这里面有很多故事。你不知道，在我的国家，做音乐并不是什么值得骄傲的事情。

罗艺和绅士互换名片、下车、目送他离开，已经很久没有这样的感觉了，对除自己之外的另一个灵魂充满真实的谢意。

Chapter16.

佛罗伦萨　不太乖，不太坏

她是个一点也不乖的女孩，她常常对他人有所隐瞒，但是她是善良的，她只是太不习惯袒露自己。她可以对任何一个陌生人放肆地赞美，甚至袒露胸怀，除了马良，她不能赞美他，她真怀疑他。她潦草地参观了佛罗伦萨所有著名的景点，除了最著名的乌菲齐美术馆，她暗自觉得有些景点必须是留些遗憾和念想的，然后用和爱人一起参观作为弥补，她已经习惯在她的旅程里一边打标记一边埋伏笔。她宁愿只身前往佛罗伦萨最庸俗的outlet，也不要去心驰神往的乌菲齐美术馆。

苏杨在佛罗伦萨的圣母百花大教堂门前同她汇合，两人去吃了小伟推荐的餐厅——发明卡布奇诺的咖啡厅和佛罗伦萨最著名的烤肉店。

苏杨点了只有意大利才能吃到的热巧克力，罗艺点了只有意大利才能喝到的Amaro，喝完热巧克力的好处是大姨妈来得特畅快，喝完Amaro的好处就是可以一直笑个不停。

罗艺：Amaro里边有兴奋剂吗？天啊，我干吗一直笑。觉着特高兴。

苏杨：可我怎么毫无反应？

匆匆浏览着佛罗伦萨的领主广场、老桥，路过举世闻名的雕塑和教堂，穿梭在著名的商业街，罗艺和苏杨都不约而同地快睡着了，几乎是闭目养神着走路，她们都太累了。找了家街角的咖啡厅，再次玩起编故事的游戏，只是这一次是纪实文学。

苏杨：今天不适合旅行。

罗艺：是的。

苏杨：我觉得你是个坏坏，又聪聪又傻傻，你和马良好上了？

罗艺：是的。

苏杨：可是马良是个面面。

罗艺：是的。

苏杨：可惜可惜惋惜惋惜遗憾遗憾。

罗艺：矛盾矛盾。

苏杨：你打算怎样处理这个臭小子？

罗艺：没有想过，这只是一次旅行。

苏杨：还是分开?

罗艺：分开分开……他会让我有幻觉，但那只是幻觉。

苏杨：嘴硬嘴硬，继续折腾折腾吧。

罗艺：傻啊傻啊。

苏杨：青春短暂。

罗艺：精力有限。

苏杨：谁赢都一样。

罗艺：孙子就孙子吧。

苏杨：不要当胖子。

罗艺：胖子好痛苦。

苏杨：有空先折腾你自己的事吧。

罗艺：本身就好多事儿呢。

苏杨：还不能变胖。

罗艺：做女人好辛苦啊。

苏杨：我们是坏蛋。

罗艺：可爱聪聪。

苏杨：耶耶耶耶。

罗艺：放松放松。

苏杨：只是旅行只是旅行。

罗艺：没错没错。

苏杨：放心啦放心啦。

罗艺：傻样儿傻样儿。

苏杨：你笨你笨。

罗艺：贫蛋贫蛋。

Chapter17.

佩鲁贾　小山城的夜

苏杨和罗艺决定返回佩鲁贾睡觉，可是一到佩鲁贾就完全不想睡觉了。她们的哥们都太喜兴了。

马良把脑袋探出窗户，大声吆喝着，整条街都听得见：罗老师！您回来啦。

罗艺觉得自己一路原本都挺忧郁的，但一到佩鲁贾就又立马出落成喜娃。她就是一个嘴硬的笨笨，认真的时候，掌握不了自己的心，只有见面才是遏制胡思乱想的唯一方法。

一回家，四个人便码起了酒局，马良忙活了一下午，准备了烤鸡大餐，他们一晚上喝了十种酒，苏杨、罗艺、马良先后都被小伟喝倒，趁着意识清醒赶紧跑回房间睡觉，只留下小伟独自一人还奋战在一线，第二天醒来，三个人仓皇地发现小伟失踪了。

马良拨通小伟女朋友琪琪的电话：你们在哪呢？

琪琪哈哈大笑：医院呢，小伟早上不成了，被救护车拉走了，我陪着去了。

马良惊讶：没事儿吧？

琪琪：没事儿，就是喝多了。

撂下电话，三人脸色惨白，罗艺：小伟不会死了吧？

马良一脸愕然，说着否定的话，却毫无底气：不会吧？！琪琪电话里还笑呢。

苏杨：小伟要是死了，那咱们太对不起小伟了。

越说越心跳。

十个小时以后，经过急救刚刚苏醒的小伟终于回家了，跟他平时一样贫蛋，他调侃地吵吵着：哥们的一世英名全毁在你们丫手里了。

后来据小伟女友琪琪透露，小伟在救护车上，一路都在跟司机拉家常，扯得司机特开心，本身应该付二十五欧元车费，也免单了，小伟出院的时候正好又碰见司机，面对完全酒醒的小伟，亢奋的司机还特意跑过来握住小伟的手，二次感叹了一番：你们中国的酒文化太他妈博大精深了！

小伟问罗艺玩得怎样，罗艺：威尼斯跟云南丽江似的，原本是风光的，但太旅游了，风光也没了。佛罗伦萨没威尼斯那么夸张，本身挺有帝王相一城市，但那金铺街实在太刺激了，把我和苏杨都看困了。

苏杨：其实金铺街挺有风格的，就是那首饰做得一点也不赏心悦目，全是哄妇女和暴发户掏钱的样式，看来全世界的妇女们，都是一奶同胞，喜欢的东西全一样，可能北京人口味太刁了，太难伺候。

罗艺：不过倒是真适合老年人和上海姑娘去购物，走在街上我就想，以后我得带我妈来趟佛罗伦萨，那outlet，肯定她老人家会特起兴。

小伟：你俩品位忒不合群了。

苏杨：必须的，以感性而挑剔的目光看世界。并大胆藐视。

罗艺：不过维罗纳很美，静静的，很特别，是那种可以写进书里，会有很多小故事自己默默淌出来的小城市。走在路上一点不觉得是在逛街，是只想享受走路的散步，眼睛里看到的东西也都是活的。

小伟：佩鲁贾怎么样？最迷幻吧？

马良幸灾乐祸：回头人问你们俩都去佩鲁贾哪玩了，你们俩怯怯地回答：光跟屋里喝酒了，哪儿也没去。

小伟狼狈为奸：佩鲁贾就一景点——小伟庄园。

马良得意忘形：不过佩鲁贾的神髓就是迷幻，意大利的瘾君子全往这儿奔，这次你们算是不虚此行体验到神髓了。

小伟手舞足蹈：意大利的美——得品。

苏杨临门一脚：是的，我们把一哥们都品进医院了。他牺牲自己也要捍卫酒品。

罗艺口角春风：他在意大利救护车上，也不忘弘扬民族文化，心系祖国，可歌可泣。

小伟掩面装羞：你们坏女人，淘气。

琪琪平日里是个文静不言谈的女孩，其实内心开朗随和，由于工作无暇分神，也根本见不着她得闲发表一下自己的观点，可一扯到这儿，她噗地笑了，兴冲冲地从工作间里跑了出来，热情四射地加入小伟的批斗会：那救护车司机还跟小伟握手呢，说这还是他头一次拉中国人呢。

小伟心如刀割：琪琪，你怎么也跟着他们一头起哄？招我生气。

话音刚落，立刻哄笑一堂，马良拍手称快，苏杨眉欢眼笑，罗艺乐不可支，最心满意足的当然是琪琪，小伟只好趴在桌子上，假装受伤，任琪琪怎么拨弄也不肯抬头。

酒、朋友、快乐、分享、通宵、爱，他们都没过过这样一直大笑并整日整夜笑个不停的日子，一起尝遍各种美酒，烈的、啤的、餐后的、果味的、巧克力的，甚至还发现了超市里有种只卖一欧元的廉价红酒有解酒的功能，他们认真娇嗔地交流着“红酒解酒，凉烟润喉”，反复地尝试并惊异于“红酒果真解酒”，心里的高兴像没完没了的酒瘾一样，有种说不出的疯狂，很快乐，大笑的声音惊天动地，连整个身体都是轻盈的。

在意大利时间的午夜三点，他们突发奇想地决定看一场共同热爱的演唱会——中国摇滚乐势力，十五年前的演唱会，他们还是孩子的时候，就被深深撼动的音乐。十五年以后的今天，他们的眼睛仍旧紧紧盯着屏幕，心被抓得牢牢的，只是眼神里除了澎湃的热情，也比年少时更多了份甘心，热情是用来被岁月白白烧尽的，可是到了青春不再，他们也明白了留在心上有种东西叫作感情常在。

当何勇唱出《钟鼓楼》的第一句歌词“我的家就在二环路的里边”的时候，他们的心像被狠狠挠了一爪子，小伟条件反射地脱口而出：呵（一声，长音）。

身在异乡的他们并不思乡，但不约而同地想家了，北京北京，曾经的北京，他们的家，精神的家，今非昔比的家，曾经那里也有蓝蓝的天、厚厚的雪、干净的空气和飘着阵阵饭香但独一无二的破胡同。

小伟：这第一句话就拔份儿！二环内外，先划清界限。

罗艺深有同感：北京的真气就在二环内。出了二环就不是紫禁城了。

苏杨：咱不反对CBD，就是CBD的村民们全太得瑟，乌烟瘴气的。

马良：国贸不叫国贸，叫CBD，听起来确实挺洋气。

苏杨：CBD身价跟着房价一块长，光涨假洋气了。这年头有怨恨心、野心的人太多了，审美全扭曲，根本没原则。

小伟：这帮孙子见神杀神，遇佛屠佛，老北京做人的老理儿一条没学会。人太复杂了，就是不干净。

罗艺：即使不停地给自己做减法也还是变成不了一个干净简单的人。如果一个人想干净、想简单、想有勇气，会有无数人和事上来灭你念头，每天有十分力气，但九分都用在和世界摽劲儿上了，想想自己真够蠢的！！！！！那些人都用不着和老虎狮子比勇气，连动物世界里的乌龟都不如。

马良：其实压根儿就是两个道上的人，谁也感受不了谁的感受。

小伟：都是被社会逼的，不是一天两天了。

苏杨：我觉得我们的问题是就不能只做一个善解人意但永远豁不起来、亏着自己念头的人。

马良：还是想太多，得继续做减法、减压，然后珍惜着、爱着。

演唱会结束，天亮了，日夜颠倒的玩与休息，相机里有关美丽佩鲁贾的照片，全部以夜景为主，黑压压的一大片，连他们自己都看不下去了，最后一致决定，后面几天必须得尽量安排好白天的行动，老这么迷幻下去也太残酷青春了，毕竟都是一把年纪的人，不能老这么装嫩下去。于是，他们又变成了赖在大街上的孩子——午后的佩鲁贾，云彩的变化多端仿佛水晶球，折射出各种神秘的光线，笼罩着这座质朴的小小山城，傍晚的街心公园，街头艺人的四重奏表演，精彩绝伦，他们站在旁边安静地听了一个下午，欢乐与宁静两种感受在心中并存，周末的二手市场淘着各种手工制作的私人设计，罗艺买了中意的帽子，马良买了中意的皮带，他们默默观察到彼此的品位有着与自己如出一辙的臭味相投，在落雨的Lago trasimeno，他们躲在城堡里，避雨抽烟，在落日的阿西西他们感受到最慈悲的雕塑和信仰，恋恋不舍地一直走到深夜，当然，不能错过的还有一年一度的巧克力节，他们带着小伟的狗狗，一起寸步难移在盛大的节日队伍里，马良的手拉着罗艺的手，像所有甜蜜的情侣。

自打小伟出院，他们便不再喝酒了，正经八百地享受着这座城市的白天，漫长的一天即将结束，马良和罗艺就跑出去继续品尝漫长的一夜，在意大利广场的长椅上，他们互相讲着鬼故事，双双被对方吓得魂飞魄散，一路逃窜着追着跑回家，回家的路上刚好经过电影院，又突发奇想地坐在剧院的最后一排，投入地看完一部西班牙电影《solas》，全是他们听不懂的语言，但是他们居然看懂了，并无比动容——

一个落魄四处碰壁的女孩，身无分文，去异地讨生活，因为太落魄，所以生活里的点点滴滴温馨都显得那么沉重。于是温馨这回事，“没有”——很孤独，“有”——却非常沉重，“落魄”这两个字，说出来如此轻巧，却足以淹没整个心轮，生活压抑得密不透风。一个人在落魄的时候，除了烟酒相伴，对感情的感知是没有味蕾的，她的愤怒、热情、倔犟、坚持和柔软也都没头没脑，一个无力的人是没有能力感受人情的风和日丽的，沉沦的人再坚强也无法精确，他们只是固执，并在迷失里奋不顾身，于是她伤害自己，也伤害身边的每一个人。这是她的无心而为，却只有她母亲懂，母亲的爱低调无声、不求回报，但在那没有光亮的日子里，举步维艰的姑娘只感到心的沉重与生活的枷锁，她不懂她母亲，她对母亲怒吼——送给她在这个世界上唯一信任的人。母亲似什么也没听到，温馨的细节看了让人心酸，只有母亲的爱可以如此盛大却无微不至地仿佛从来不曾存在过。最后的结局是这个年轻人在一个老人的帮助下走出困境，老人是她母亲的情人，母亲一生默默无闻并非常隐忍，直至去世，她如此无私，却近乎麻木地不曾拥有人类正常的愤怒与癫狂，母亲的情人亦是伟大的，浑身充满了爱别人的力量，他懂得情人的远离和绝情，他的爱人如此无私，所以他只好像孩子一样假轻松地对她说你一定要回来看我，然后放她走，她再也没回来过，因为她永远地离开了这个世界。

罗艺：老年人的耐痛感要比年轻人强大许多。

马良：年轻人还是都太脆弱了。

罗艺：老年人的生活无论多么悲惨，他们都会承受，还是会继续爱别人，而年轻人都在等待其他人来拯救她，爱她！！！

马良：你相信轮回吗？

罗艺：相信。

马良：我觉得我们前世遇到过谁，来世就还会遇到谁，你知道，他们其实永远在一起，即使今生是阴阳两隔的。

罗艺：也许来世他们可以过得不这么疼痛和充满遗憾。

马良把一只流浪猫抱到罗艺面前，他们所有的对话都如此轻描淡写并隐晦，却如此的疼，罗艺知道马良不能控制地爱上她，却没有力量选择她，所以此刻他们轻描淡写，他们绕圈圈，他们避而不谈一些话题，可是他们相爱，他们是soulmate，却不是lifemate。

她不问他你爱我吗。她知道他爱她，他很爱她。

告别佩鲁贾的小伟庄园，告别苏杨，罗艺前往罗马，马良义无反顾地说：我送你走。

他送她到佩鲁贾的火车站，他们一起吃了早餐，他买了张火车票，他把她一直送到罗马。

点点滴滴都很温馨，她愉悦地接受着。

Chapter18.

罗马　陌生人知道

旅行是忙碌而有收获的，像一只烂股票一样，从低点一直慢慢地挺过来，然后看到一切都慢慢鲜活起来，唯一的心事也没有了，事业上的挫败？完完全全不存在了。罗艺在心里默默地感谢着信任、运气、醒悟的福气和点点滴滴的外力，其实最温柔的就是最振奋人心的，爱是一切，是她的灵魂，在灵魂的字典里，没有“不切实际”这个词语。因为那就是你心之向往的一切，承认吧！爱，是我们活在这世上，感觉到呼吸和永垂不朽的唯一途径。没为什么，就是不能停止，就是真觉着高兴，难受也高兴，就是喜欢，就是觉得牛逼合适对赞！就是不乐意细想，细想会破坏所有的一切，如果是浪费时间，就是想浪费时间！也不担心浪费时间，就是想随机应变，想即兴，想尽兴，想幸福，想知道到底会到哪里？就是想勇敢！即使一点安全感也没有，就是和谁也不能说，说了一定会被打击，就是想信自己一回，学不乖，就是跟打了鸡血似的，特纯情，就是不能停止，不想停止，只想继续继续继续继续！

在火车钻山洞的时候，她亲吻了他的额头，旅行是不可思议的梳理，从质疑自己是否还有心理承受力一个人旅行，到一刹那放心地相信自己的感觉，一秒没犹豫，那么严重的不相信自己消失不见了，不再把容易的想象成沉重的，旅行真好！放轻松才是最重要的。在看到从没见过的风景的时候，心会告诉自己，这就对了。他们都只是太久没有看到过而已，所以才总那么焦虑和忧心忡忡，其实就是太在意自己会受伤了，然后就浪费了好多脑细胞和不必要的聪明，制造了更多的麻烦和误解，消磨了无数的勇气和美好，现在，她所有的需要只是一个吻，吻他的额头。她很清楚眼前的这个男人并不在心理上果真优越于她，他不弱势也并非强势，她无须咄咄逼人，也不要楚楚可怜，她并非以退为进，也不要步步为营，她只要单纯地感应到他笑的时候发乎实感，便足矣。

他们在罗马暴走，文物随意地洒落在这座城市的每个角落，罗马的酷是心照不宣的，罗马人匆匆走路，专注的目光锐利笔直，但不漠视，他们高傲，但并不娇纵空洞，不同于米兰满街的浮华。罗马很沉，藏得很深，深藏不露的下面是恢宏的气势，站在她的怀抱里，只有震撼，不能轻佻地说不。

在梵蒂冈，她寄了一张明信片给未来的自己：“亲爱的，希望你永远快乐如现在。”

他寄了一张明信片给未来的她，一个月以后她会在北京收到：“我挂念你。我的爱人。你已远远地走在我前面，我在努力中，希望保证我的方向，坚持我的梦想，是你让我又一次找回了他们，是你让我找回了我自己。”

聊天睡不着，从情人升级为爱人，天知道是怎样走了一条困难的路，得到这个并不复杂、听起来那么透明的回答。

聊着聊着就睡着了，他们在一起的时间的确太少了，甚至来不及一起做一些对彼此都更好的事情，来不及慢慢做，来不及把事情做得安安稳稳，把思绪理得清清楚楚。

次日，在罗马火车站分别，那段路他们走得太快了，太快了，马不停蹄地，心情就是没着没落的。他们在火车站附近的餐厅吃了最后的一餐，她坐在他对面，这让他想到在柏林初次与她相识，如果她是他的爱人，那么她就是他多生多世的兴趣，只是在还未完成所有的业之前，要经过多少个轮回才可以和她在一起？他们都觉得此行是最后一别。她和他合影留念，他惭愧地笑了，那么不自然，不好意思看她的镜头，在愧对她什么呢？在火车站的站台上，他把她的背包从自己肩头卸下，在她准备从他手中接过背包、转身登上火车的一刻，他把她的包扔在了地上，一把将她揽入怀中，给她猝不及防而持久的吻，她热烈地回应他，仿佛要把他的灵魂吸走，她是爱他的，在他耳边，小声同他讲着最后的告别：其实我特别喜欢你，只是我没有再多的时间认识你了，再见。

他目送她上车，她笑着同他挥手高兴得像只小鸟，但在火车启动的一刻却潸然泪下，这倏忽而至的泪如泉涌，才让她恍而觉得自己仍有千言万语未对他讲，她的身体器官比她的心更敏感，于是她拨通他的电话。

罗艺是怀疑这份关系的，怀疑仿佛是带着迷信色彩的规矩，也是她长久以来精心维护的自重：会有很多变化，我觉得我们结束了。

马良：不会的，我已经用魔法把你改变了，我也变了，我会特别想你，我爱你。

她一边说话一边流泪，坐在对面的美国夫妇善意地对她微笑，眼神分明在说这个女孩恋爱了，她只是恋爱了，孤立无援地坐在异乡的火车上不能自已地流着眼泪，但这是最好的事情。她早已手忙脚乱，颠三倒四地翻找着车票，检票的列车员见她心神不定便没有理会她，继续前往别的车厢查票，其实票一直就攥在她自己手里，她为自己因为落魄成为众人的焦点和照顾对象感到有些不适应，但陌生路人的善意还是让她感到一丝醒悟，所有人都知道她爱他，只有她自己是那个最后知道的人。

列车员在检查完所有乘客之后，才回头找她，她把票递给他，却看到旁坐的罗马中年男子正微笑着看她，眼光中带着温柔的鼓励，沉默往往比语言更有力量，他是在无声而坚定地对她说着：爱就是如此，看看我的样子，一个和你现在一样的过来人。

爱与寂寞

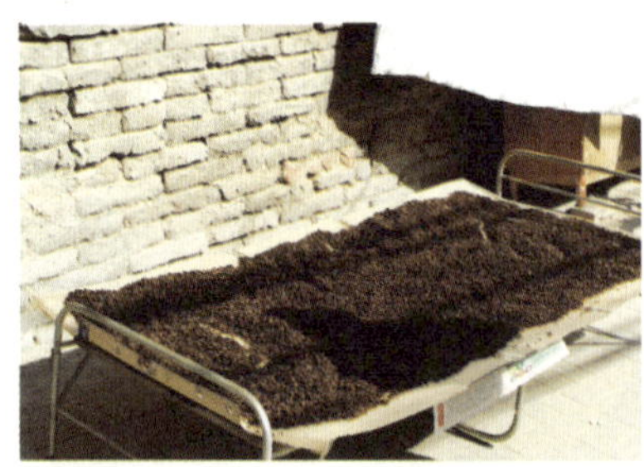

午后

胡同儿里的日子是厚厚的尘土下面　埋着记忆的金子

勤俭井然的蜗居　承载着几世时光流逝的起落

胡同儿经年累月的酷　是见识过历朝历代的无动于衷

钢丝床、晒麦壳、报废的皇冠轿车……

别和胡同串子们大谈你都眼见过怎样的奢华与显贵

奢华显贵在这里只是妄自菲薄

仁脸

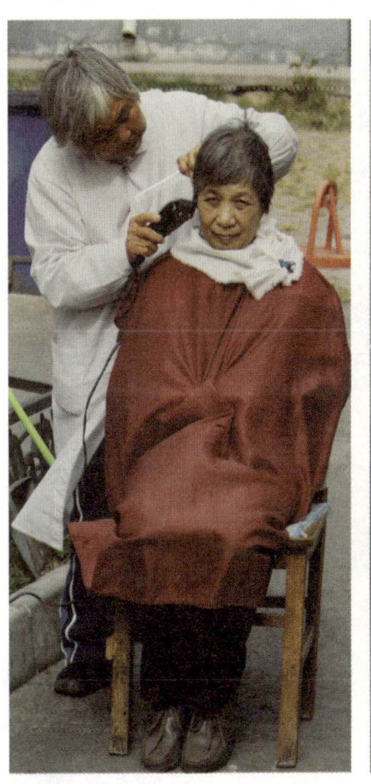

住在北京的老人

有时候很难分清是自己的眼睛在下雨 还是整个城市都在跟着下雨

老房子越来越少 建筑越来越多

自行车越来越少 汽车越来越多

老城区越来越小 城市越来越大

霓虹灯越来越美 表达方式越来越杂

安静的动。太阳镜 自行车 林荫道 一条回家的路

运动的静。爱读报 爱翘二郎腿

这是一座常年施工的城市 生活是既暴力又温柔的

比如盖风尘仆仆的被子 比如日子里的男主人们……

你是否曾看见过一个梦想家的阴暗面?

也许那时你才能理解我

Chapter19.

北京　手心里的往事

醒来时有爱人躺在身边真好，罗艺就蜷在马良胳膊下边，他的呼吸吹着她的呼吸，想想三年以后，他毕业，他一定会变成他想变成的样子，她很期待。他有那么多那么多梦想，她一定也要努力，和他一块长大，有好多事要做，他们还没长大。马良亲昵地唤她护犊子、小蜜蜂、小腻歪。但他还知道罗艺腻歪起来并不招人讨厌，还算适可而止，她对他护犊子，用他最意想不到但萦绕心头的方式，她像只勤劳的小蜜蜂一样害怕失去自我，一刻不停地总在工作。只是爱情就是一种造化，不能试着去控制，她认真地看着他的手掌，告诉他：你的事业线中间怎么有一个圈？那个圈或许意味着你可以选择两条路走，但最终你会兜一个圈子只走一条路，一直走下去，你会掂清楚自己的思量找到那条路的！

是怎样把短暂的相逢变成半年的长途电话，又过成终于见面了，然后把一个月过成了十几天，十几天过成了一个星期，转眼他们就都不知道要到什么时候才可以见面了，是他回家了，回来看她，看她之后还是会离开。三年之后，他正式回到北京，可她却又待在伦敦，他们滚在沙发上，四点多的清晨，吃冰棍，谈心。

罗艺：我打算在我三十六岁本命年的时候，去西班牙读个建筑学位，从大本开始读起，让我也体验体验什么叫作风生水起老而弥坚。

马良哈哈大笑，声音洪亮：你是要和泥盖房子生小孩吗？我找你一起读。

罗艺：你的意思是你要跟我一起和泥盖房子生小孩？

马良：是。

罗艺非常吃惊：这是你说的？

马良补充着：是我说的。你小孩管我叫爸爸。

罗艺只感到不可思议，她没想到他这么说，但还是闭上眼睛畅想着：咱俩生出来的小孩肯定特聪明，神童。

马良一起畅想，他和她在一起，脑子里充满幻觉：咱俩生出来的小孩还得特漂亮。

他们仿佛弱智一般说着各种真诚而天真的诺言。

她问：真的吗？

他答：真的。

在北京他和她一起喝醉，甜言蜜语，在清醒的时候，他们霸占着写字台的两头一起投入地工作，谈谈恋爱，创创作，仿佛激情也可以是细水长流的，她把腿搭在他腿上，理所当然的熟悉和亲密。

她淘气，所以会问：沉吗？

他憨厚，所以只答：一点也不。

他总有种错觉，以为她很轻，突发奇想非要背她下楼，结果只背了一层，便气喘吁吁。

她坏笑：哥们您太虚了。

他愣头愣脑：你怎么会这么沉？

罗艺一上秤就会叹气。

哭丧着脸说：我又重了。

他总不厌其烦地告诉她同样的情话：现在这样就挺好，我得给你再喂肉乎点。

他打车找她，只为给她带他奶奶做的馅饼。

她欢天喜地，大口吃着：真香！

他就用小爸爸的口吻絮叨着：我走了以后，你不许一天到晚瞎凑活，要学习做饭，以后去了伦敦，没人照顾你。

他带她去吃北京的各种小吃，炒肝，卤煮，各种串儿店。

每每这个时候他的一双耳朵就会支棱起来，眼神迷离地看着她：我真喜欢听北京人说话。

她隔着桌子，捏着他的耳朵：大胖子，让我摸摸大冰熊的冰耳朵。

凌晨，他们出没在二十四小时营业的便利店买白酒。

回到家就关上所有的灯一起赏月，他们干杯，亲吻，无话不说。

钻在被窝里看了北野武的新片，吃薯片，抽烟，喝甜水，他们是两个邋遢大王。

白天，他们晃荡在北京的各种胡同，名副其实的胡同串子，徘徊在房屋交易中心门前，认真地阅读着每一所四合院的价格。

他指着什刹海的一套四合院：我就要这套了！

她指着前海的另一套：我要这套！买给我妈。

然后相视而笑，他们知道这无意的玩笑是认真的，他们都必须得买个院子。那是他们正经八百的梦想。

她小小地叹息：你说咱们是贫穷的贵族吗？我们买不起这些房子。

他摸摸她的头：当然了，我们以后会买得起。一定会的。

下雪了，她唯一的愿望就是和他打雪仗，然后往他脖领子里边塞雪球。内心多多少少是对他有不满的涟漪。

元宵节，满街都是烟火，他们伫立在阳台上。

她安静地看着天空：真美。

他亦安静：我也想住这里。

她知道这是他的真话，只是相逢相爱之后仍是相别。

在他们最后的一个白天里，

她注视他：你期待回柏林吗？

他看着天花板：挺期待的。

这个回答在她意料之中，于是她快乐地倒向他厚厚的肩膀：真好，带着一颗被修好的心回去，开始新的生活。

他很认真地解释：不是，只是带着一颗被修理的心回去试试，试试看。

这就是罗艺的马良，罗艺爱的马良，他会这样说话，这样思考问题，嗯，试试看，试试看。他不是那么自信，但他很乖很踏实。

她那么放心，因为他的心和她在一起。只是时间越来越少了，越来越少了……他们给彼此感觉、身体、磁场，她把她能给他的都给他了，不可以给他的，都自己偷偷藏了起来，他也把他能给她的都给她了，只是有些事情是必须发生的，比如分离、距离、人远天涯近，以及他们之间还有另外一个女人的事实。他们太像两个不假思索的小孩，想到了就去做，真诚相待，但不懂慎重，以至于一直忽略了一个问题，其实从一开始他们就错了。所以他们必须承担，并无怨无悔。

男人在感情上总是晚熟的，马良如同太天真不具备自觉性的孩子，总是一字一句同她认真作着解释，只是诚恳只可以说服他自己罢了，他沉浸在自己前所未有的诚恳里，仿佛重新发现一种理想，却忽略了语焉不详的决心并不是一座通往挚爱的桥梁，反而会让他很难与他人无障碍地分享自己的观点，爱是他半生缺席的课程。罗艺在想他可以做一个很好的四平八稳的男人，而不稳定的关系，从来不是一个四平八稳之人可以妥善化之的，他爱她，却不能挺身而出、穷其所有将她解围，他无心推托，心却始终煎熬，做不到明朗，四平八稳是他唯一了解的解决之道，他甚至会坚持不懈一直挣扎于去寻找一个四平八稳的方法，而找到方法的时间是无限期、看不见。这恰恰是罗艺不肯应对的，在她看来悬而未决的爱，既不是爱，也不是对爱的考验，那只是一种深刻的危难和巨大的消耗，她爱他，也始终了解自己在这样的境遇下爱有限期，她只是在择时离开而已。

尽管在心底，她是视他为亲密无间的，但也始终保持着宝贵的界限。比溺爱更珍贵的是，他们必须尊重彼此的自我。这种略微冷冰冰、看似多余的有板有眼，也正是罗艺和马良相处习性中至关重要的相适与和谐。如果有一天她开始肆无忌惮地对他大吼，那一定意味着两个人的关系有所不同，他们都太在意自己和对方都是如何经历过每一天的，那么期望彼此都可以身处在一个优美的、没有威胁感的、自然而然的节奏里。

马良登上离开北京的飞机，与此同时，罗艺发了邮件给他，她一边流泪一边用她的方式和这段感情告别，爱，所以不肯让他做选择题，“选她或者选我？”——或许爱的确是一种选择，只是这样的选择永远不需要说出口，真相就是眼睛看到的，爱，所以要主动让这段感情在最好的时候结束，不想通过纠缠开发彼此人格人性的弱点；爱，甚至不是一种勇敢，相爱也不靠勇敢证明，它平平静静的，既不是情欲，需要一些胆大包天，也不像结果，从来都是死气沉沉。爱，只是一种存在，带着爱，人们总会找到最善待对方的诚挚方法——

“过去的这一个月我很难忘，你给了我很多，我想你也是快乐的，但是也一直不是完全快乐的，我们都把自己放在了原本我们并不喜欢的位置上，我想我们都要回到以前的生活，谢谢你曾经爱过我，但是都过去了。我们原本都是善良简单的小孩，也并不适合卷入复杂的感情关系，所以放过彼此，祝你幸福。”

不完整的爱——当你开始爱上一个人的时候，剩下的每一天都是对这段感情进行倒计时。爱一天，少一天，暂且抛开过程的复杂，最终会以很物理的方式彻底结束，而所有被现实牺牲掉的情感和精神，都不会因为关系的终止而消失，它们挥发在空气里，在头顶上空，挥之不去地游离，默不做声地，被刻在心上和掌纹里，永远。

物理分手从来不是精神分手，她的心已经决定无界，所以她告诉自己，这个时候需要以掌为界，这是他们必须承受的。她伸出手在空气里划了一条界限，回到她的实相，她放下他。

太过激烈的想念，反而不是真诚的想念，因为有虚妄有贪心，不肯随缘随遇。她不肯打破他的生活，但她不惜打破自己的生活，她想，人都是有真性的，而他了解她的真性，她是在用她的真性与他的真性互动，“以掌为界”是一种混杂着有所保留和无所保留的表达方式，对罗艺而言，有所保留是比无所保留更深的无所保留，爱情说穿了，只是一种表现形式，而精神的相通不靠形式证明，产生效果的是行为，支配行为的是灵魂，爱的实相有血有肉，它不需要保护、不需要皮肤，它赤裸裸，却不趋于表面，爱在内心深处涌动，只是人与人灵魂的对话。他是她的爱人，更是她的朋友，而够朋友，便是他们关系中最首要的品质。

她独自面对着电脑显示器，以大哭作为宣泄，此刻是她与他最后的分分秒秒，哭了许久，毫不犹豫地按下了“发送”键。马良走后的第二天，罗艺的手心突然生出了一颗痣，在网络上，她看到了一个美丽的解释——左手手心突然生出的痣，代表前世的爱人今生离开你时流下的眼泪。

冥冥之中，似有寓意。她不再是他的恋人、他的爱人，一切都有所超越了，超越爱情本身的，是更大的事情。

正在她有所顿悟的一刻，刚好接到表弟打来的电话，Peter直言不讳地向罗艺求证着自己的直觉。

Peter：我觉得你恋爱了，恐怕这段感情你藏得挺深。

罗艺：你怎么知道?

Peter：你是我姐，感觉呗。

罗艺：是的，不过也没什么可说的，因为都结束了。

Peter：我越来越觉得我们只有一颗心，身体只是具皮囊。

罗艺：灵魂呢?

Peter：灵魂和心是一回事，叫法不同而已。

罗艺：你想说什么?

Peter：如果满足心的追求，那么受苦的是你的心，我们原本就是这样的人而已，要心，然后为心受苦，所以没什么。

罗艺：快安慰安慰我受苦的心。

Peter：哎呀，不用安慰的，你自己肯定都解决得挺好了。

人与人之间的感应常常准得严丝合缝，因为“感应”这回事，的确是真的。

Chapter20.

双城　爱情魔方

爱情是最简单的事情，只是没有简单的答案。

太顺遂的人生，只是半个故事。他们都感到痛，但他们都在学习无怨无悔。

收到罗艺的E-mail以后，马良一夜没有合眼，他漫无目的地来到深夜的大街，坐在路边的长椅上，思索着是否应该给罗艺打个电话，很多话想说，但又不知道可以说些什么，他回忆他们在一起的九个月，点点滴滴，他是如何爱上她，他们之间如何契合，都无比真实，他可以和她毫无障碍地说任何话，那时候他觉得生活安静美好，心里仍有天真无邪，她极大限度地宠他，并以一种他欣然接受的方式。和她说话——渐渐就变成了每天生活必不可少的内容，他感受着许久不曾体会的存在感，长久以来一直盘踞在他头顶上的压力，也一点一点地散去了。他甚至忘记了本应照顾她的感受，给她一些关于未来的肯定讯息，发生的一切已经让他目眩了。在异乡的长椅上他木呆呆地坐到了天亮，抽烟、喝酒、流鼻血、淌着眼泪，他醉了，他问自己，难道已经丧失了爱的能力？他所能做的就是不断地找罗艺，然后离开她吗？他不能这样伤害她。

他们沉默，发不出声音地待在地球两端，罗艺也一夜未眠，她听着平日最爱的音乐，那些伟大的音乐家们却无法在今天也依然唱进她的心底，她大声唱歌，却找不到准确的表达方式，最后她仿佛死人一样，把自己埋在沙发里，她觉得自己的心和身体都太沉了，于是她脱光了身上的所有衣服，躺在地板上，安静地流泪。她回想着这一年，仿佛活在逆境之中，先是命中注定地大病一场，随后是因为反思到生活里的小钱是不能赚的，尤其是在和一堆小人凑在一起赚小钱的状况，于是她放弃了工作，后来像所有牛逼的恋爱都有一场华丽的相遇一样，她恋爱了，然而分手是她现在唯一可以做的事情，大的逆境是持续性的、全面的，唯有自己消化自己的痛苦，她躺在冰冷的地板上，感到自己可以清醒些思考。她想坐起来，却发现已经哭得没劲了，只好跪在沙发边上，就是跪这个动作，然后她感到自己对爱前所未有的虔诚，这时她突然理解为什么卡米尔的雕塑作品中有许多跪着的人物，因为卡米尔是在用整个灵魂爱罗丹，并接受失去罗丹的事实，在虔诚的爱面前，人是跪着的。

他们的心哭了一夜，在北京，在柏林，不见面，他们都在情不自禁地使用意志。马良决定搭火车到海边散心，海让他的心安宁，这时他才突然感受到他的小姑娘一定比他更痛苦，是带着爱，而不是征服，他拨通了她的电话：罗艺，我想告诉你，我很爱你，我们之间的确发生过什么，而那些都是非常真实的，我们在一起九个月，这九个月给了我一生最快乐的记忆，你知道我在回柏林的飞机上，我一直都在想你，我觉得我已经决定以后要跟你在一起了，但是你的信还是把我拽回了现实，你总是那么聪明善解人意，我和我女朋友在一起九年了，她为我来了柏林，我的确不知道要如何结束这段关系，我们曾经分手过很多次，但是最后我们还是在一起了，她是个非常依赖我的女孩，这是我的问题，我已经不能平衡了，发生的一切已经让我头晕脑涨了，答应我不要伤心，你什么也没有做错，不要责怪我们的开始，我们在一起了，那只是神来之笔，原本我们都是克制的。我答应你，回到我们各自的生活里，但是你要相信我对你的感情，那些都是真的，你是我生命里最可爱的女孩，如果我们在一起，那代表我选择了我的自我，你知道你永远是那个可以和我一起去实现梦想的女孩，我会幻想我们会一起骑着摩托车环游世界，但是我现在的确还不清楚如何处理好我的生活和你在一起，原谅我，好好的，让我知道你好好地活在这个世界上。

罗艺拿着电话，说不出一句话，他的话让她释然，他是在用自己的灵魂同她讲话，她可以听到他的软弱，他的手忙脚乱，他的不成熟，他的爱，他疼，他坦诚，有海风，有海浪，有祝福，他们都在流泪，他们结束了。对于这份分离，他们彼此都有承担，承担着对方的痛苦，并把对方的痛苦减低到最小。

爱情是个魔方，怎样把它转成自己喜欢的颜色，那是个谜，也或者说怎样转都是可以的，闭上眼睛和睁开眼睛的结果都是一样的，但人们总以为睁开眼睛的时候，才会更体现效率，可是爱情里哪里有什么效率，强烈的爱与不爱是灵魂生来自带的审美，即使人们会错误地分析爱，把爱分析成不爱，把不爱当作或许可能爱，其实那只是人性生来自带的不自信罢了，没有人在爱情面前是完全自信的，它是谜，迷人的谜。但毫无疑问的是，那些聪明的女人可以带领男人飞翔，一个感性的女人可以比理智的男人更善于飞翔。

他们都是清醒的，但双双被一种深度梦幻的磁场所俘虏，无法自拔地交换着彼此的孤独和任性，九个月的时间里，他们来不及发问、来不及发愁、从未曾相思，也不曾煎熬，省略一切男女相熟的常规步骤，他们安心自然，太过容易地便融合于一体。是干净，蒙住了彼此的眼睛，人只见得到幻，浮游在无边的黑暗里，给予对方，无法企及的“幻”和“自性”，“自性”即是此刻的“幻”啊，寸步难移于“幻”之中，在触感与愿力中感到“自性”无所不在，他们是两个梦游者，生活在彼此的梦里和自我里。是在最后一刻，两个人才关注到他们之外的另一人，这另外的一份感情即使带着再大再多的硬伤，但他与她同样存在着真实伦理的感情，任何人也无法否定。

Chapter21.

Neverland　请你幸福

一个偶然的机会，罗艺接触到灵修，是灵修让她的心，得到了迅速而积极的修复，她承担分离之痛，但她并不恨他，她了解他不是百发百中的完美，甚至常常也是自私无力的，但她觉得自己应该站在一个离他远远的地方为他祈福便好，他们不联系，用沉默的灵魂观想彼此的处境，他祈祷她快乐，她祈祷他找到自己的灵魂所属，以及它的价值。她不再像以前一样，读到喜欢的文字非要同他分享，他也不再像以前一样，想到她的时候就要占有她。他们的痛苦不再被彼此分享，但是越来越健康和懂得善待他人的含义了。如果曾经相爱一场，那么分离之后，为何不继续相爱善待彼此呢？他们的爱寄存于永无岛，无所谓距离障碍，永远不需要再见面的永无岛，在初初分手后的很长一段时间里，他们甚至仍是这世界上最敏感着对方的人。

那天马良做了个梦，梦到自己中了一笔巨额头彩，在梦里他偷偷跑回北京，买了梦寐以求的四合院，然后他迫不及待地找到罗艺，他告诉她：我要和你分享一个秘密，我中奖了，以后每个城市都有你的家，还有你的dany，然后我们会一起骑着摩托车旅行，你想去哪里留学就去哪里留学，不用寄人篱下，不用担心未来，因为以后每个城市都有你的家。

这真是个美梦，醒来以后他就突然有了很多灵感，决定将自己第一次参加国际性展览的画送给罗艺，斑马是罗艺最喜欢的动物，所以他就构思了一匹粉红色的小斑马飞上天空，带着梦的色彩，旁边有一棵和小斑马一起飞起的大树，大树对小斑马说：我想看看自己的根，于是它和小斑马一起飞了起来。

小斑马是罗艺，大树是马良。是在一个心灵疲惫至极的时刻，她出现了，与他肝胆相照，她与自己站在一边，他的心就变软变柔。

他们的确因为缺失彼此的陪伴，变得艰辛而缺肢少臂，但很快也学会了更重要的事情——有力量地爱这世间万物，大俗大雅，大慈大悲，像新生活的初学者，他们还谈不上有什么心得，但还是产生了一些新的思维、新的感触、心的纯善。比如，分离其实更是一种意境。在流动风景里遇见心爱的人，我们记住了他们的名字，记住了他们的脸，甚至还会一直记得他们在自己胸口停留时的温度，却没能同他们走完一生。

Chapter22.

北京　优美地“融”于生活

廷雪池决定去印度居住一段时间。

她最近的画作越来越天马行空，却找不到自己心灵的真正根基。紫禁城给了她雄厚的感官刺激，也让她迷失于找不到自我，她的画越来越受认可，唯独她自己越来越不认可。

廷雪池：我好像一个匠人一样，在画与这个世界无关的画，只是因为别人都很喜欢而已。我开始变得说话谨慎，不再是我自己，因为我现在受到的认可，只是徒有虚名罢了，倘若我说错一句话，我的画也会价格大跌，你明白我的意思吗？

罗艺：明白，你在迎合商业的规则，你现在的画都太商业了，可外界却把你包装成了一位艺术家，你自己心里面比谁都为此感到心虚。

廷雪池：我必须要离开一段时间。

乐乐决定去新马泰度蜜月，他终于娶了一个他不爱的女人。

乐乐：哥们领证了。

罗艺大笑：亲爱的，你终于想明白啦？

乐乐：妈的，我觉得我就是一悲剧。你知道她前几天出差，我真的好想念她啊，可她是一个多么让我脑溢血的女人啊。

罗艺：你会越来越爱她，因为你已经离不开她了，相信人类的潜能是无限的。

乐乐：她太厉害了，不过哄哄也就好了。我说这话是不是像个老坏蛋？

罗艺：不，是个已婚多年的老油条。

乐乐：心在流油啊……对了，要来喝我的喜酒呀。

罗艺：还会给你打一个好大的红包。

乐乐：感情深不深，就尽在这红包的不言中了。

罗艺：你真是又才子又孙子！

恢恢回北京了，回到她最爱的男人——她的父亲身边，并在一所知名美术院校任教。

恢恢：现在的生源差得太令人发指了，中国学美术的小孩除了基本功，实在什么也没有。

罗艺：中国小孩的基本功是最好的呀？

恢恢：是，但创造力也是最差的。全是应试上来的。很难想象，中国最好的美术学府却看不出一点国际化的端倪。

她怀着百废待兴的心劲儿回国，遭遇的却是立业初期的冷水瓢瓢，她向罗艺排毒般地大声抱怨着，但工作起来的样子仍然一丝不苟，因为信仰，她的意志也越来越喜欢极峰了，只要是凡人，都需要抱怨，先宣泄痛快了，再投入生活。

苏杨回北京了。下一站是杭州。

罗艺：彻底回来了？

苏杨：对，不回去了。意大利待腻了。

罗艺：去杭州做什么？

苏杨：随便投了份简历，猎头就贼上我了，然后就决定了，待遇挺好，随遇而安吧。北京太熟悉了，所以换个地方，或许会有些新的思维。

短短两个月的时间，苏杨就适应了杭州的生活，除了恋爱方面依然没有桃花之外，事业晋升超猛，很快便从经理提升到了总监，单身生活单得也十分上瘾。

苏杨：一个人挺好。工作累点，也没时间闲愁万种了。可能咱们这样的人就是命硬，硬到不能在年轻最美的时候拥有软性的爱情。

罗艺：遇到你喜欢的你就软了，他还没出现呢。你先踏踏实实硬着吧。

小伟回北京了。把公司、花鸟鱼虫都一起搬回了家乡。

除此之外，由于地利人和，还添了新的爱好，武术、中医、茶道。

小伟：回北京唯一的感觉就是熟悉。可能我漂太久了。

他的情感对这里无比熟悉，只是此时，他却开着新买的小汽车，载着罗艺在北京的南城疯狂迷路。

他已经一点也不熟知家乡的路了。这座城市无时无刻不在发生着剧烈的变化。

林童回北京了。下一站洛杉矶。

美国的电影公司相中了她的剧本，她卖了剧本，却立马买了张机票，回北京。

林童：在那边，我光整天整天地就想家乡的饭了。

人到中年的她，刚刚卖了自己迄今为止价格最高的剧本，一切都刚开始有声有色了，可她却不想再写剧本了。

林童：你知道，年轻的时候，我是文艺青年，现在我不是了，我们都没自己想象的那么高尚，我不想再过每天一睁眼就为房租担心的生活了。所以，我决定做实业。

罗艺：可是你的剧本刚卖了个好价格，不是上升趋势吗？

林童：不，我自己知道那是假的，真实的情况是，这就像中彩票，卖出去了就卖出去了，卖不出去就砸手里，这次卖出去了，下次也不一定卖出去。

罗艺：和勤奋没有关系，主要靠运气？

林童：是的，不能吃一辈子，所以我打算利用我中国人的勤奋做份实业，一分耕耘一分收获，毕竟已经不是小女孩了，那天我去柏林的一家玩具店闲逛，里边的东西真是有意思得不得了，年纪大了，会渴望拥有自己的小孩子，所以为了我未来小朋友的幸福，我会做个好妈妈，改变我的职业方向。这次回北京，是来取取经，打算在洛杉矶开个中餐馆，不回欧洲了。

有朋友的生活，让罗艺觉得乐观和多姿多彩，但罗艺有时还是会常常想起马良，比如夜深人静的时候，还好伦敦的工作是彻头彻尾的职业转型，所以她不必过分沉湎于马良是他最好和唯一工作伙伴的事实。失去一个拍档有时和失去一个爱人的痛感是一样的，两者都是靠着奇迹般的感应懂得彼此，独一无二，不可代替，因此，罗艺和马良的缺失感也是双倍的。在某些场合，她也见过马良后期的作品，人们对他赞叹尤佳，但罗艺知道，他离开她之后，人亦失魂落魄，那些作品不说谎，他迷失了，这是评论家们不会了解的天机，这个时代的评论家和艺术家都已沦为“职业”，权威、掌握话语权的位置，却让他们失去了珍贵的品格，原本马良也是有愿力的，只想牢牢维持自己对梦想的投入，不糊弄地生活下去，他可以走一条完全不清晰的路，但意识一定不可以模糊，只是眼前的作品，布满了得失心，让他的愿力显得如此虚弱。她看得心凉心惊，什么也不可以对他说，不可以对他做，除了为他祈祷。但转念一想，或许这样的马良也未尝不是幸福的马良，重要的是他自己感到舒服，所以祝福他。

一次一次，空空的，马良似乎从不曾想象到罗艺的祈祷，一点一点、一天一天，彼此都有不同程度的面目全非，就像是因为他们不再活在彼此身边，所以各自精神里某些独特锋芒的品质也随之一起消失淡化一样。有时我们要允许爱逃出我们的手掌，目送它、遥望它，并允许它消失不见。所以爱，也常常是忧伤的，它无法避免是忧伤的。于是，人们常常还是会被自己的绝望吓一跳，比如，她想象着，对于马良这类严重嗜强的性格，他不肯自救，是他不肯面对承认之后，轰顶般的失败感和打击。于是自己诋毁自己的作品，不肯觉醒。他想象着，罗艺整个人沉在灵修的治疗里，这本身或许就是种走火入魔，她说她好了她好了，真的好了吗？整个人都蔫蔫的。

长长的生命里，每个人都有自己的业障，彼此拥有，彼此失去，都是对灵魂的考验，他们曾经无话不谈，也天造地设过，只是关系发展到某一个地步，灵魂的病也只可自救，自救，便是生命的意义。

在首都机场的候机大厅，罗艺独自等待着飞往伦敦的航班，她再也不是那个跳着走路的小姑娘，精神的安定让她的脸色波澜不惊，镇定地走着路，面无表情。看得出来，她天生不懂示弱，追求的东西过于纯粹，她为此付出代价，这些都是挂相的。窗外兀自参天的，是北京并不常见的火烧云，漂亮的颜色像一首青春的挽歌，她想起，初初与马良分手，她同乐乐哭诉着自己是多么害怕有天会在机场与他重遇，她会亲眼目睹他如何把他的小女儿高高举过头顶，手臂的轨迹会在空气里划过一条无比美好光明但痛彻心扉的弧度……

此刻，她左手拿着护照机票，右手潇洒地搭在落地玻璃窗上，入迷地看着天空极其冶艳的云彩，唯独一双眼睛红得却像只兔子，视网膜模糊了，和云朵变幻的色彩混合在一起，变成新的更好看的颜色，于是她摇摇头，笑了，她再也不怕那画面了。每一个人都是如此艰难地活在这个世界上，不如学会享受与他分离，她一直把他当作另一半，而不是四分之三半，爱是平等的，所以大可不必独自去承受四分之三半剂量的痛苦。而所谓那些想不到的输、不明所以的输在哪里输给谁，只是爱与人性必要迎受的基本苦罢了，就像张悬的那首歌《亲爱的》，她唱“大大的世界要率真地感受”，所以，没有什么是输不起的，也没有什么输是不合理的、特别残酷的，“输的起”是我们感受这个世界的方式，“非常输的起、太输的起了”则是心灵必备的基本素质。

一切都过去了。每一次穿行，都是一场结束，从身体到心灵，穿行、穿行、穿行……有时候痛苦的深度与灵魂的尊严成正比，唯有心的柔软，会圆融所有负面的感受和形式主义的尊严，容者、融者、荣者，把自己完完整整地交给柔软，当严冬的冰融化为暖春的水，才是万物复苏的时节。何况这世界也并不真的存在什么大不了的痛苦和放不下的快活，喜忧参半才是生活一直的温度，仅此而已，大大的爱、细腻的爱，都不如柔软的爱。

再见，年轻人，年轻时的自己。

再见，我们年轻时的爱人。

在离开的时候，她终于发现，她如此轻装上阵，无怨无悔并无法忘怀。相聚离别都是最平凡的际遇，而稳固的深情总是需要一些有爱有受的事件作为合格通关的筹码。

爱无须辨别真伪，无常即正常。如果你的灵魂在，你就会选择最对的方式爱这个世界上的每一个人，包括你的敌人，爱不完美的北京，爱不完美的生活，爱远离我们的爱人，用整个灵魂爱上这个世界的不完美。得失之间皆有灵光。当你终于看得到并愿意承认，人性的成长里确实存在着种种无法避免且阶段性的退而求其次的话，你便会原谅所有他人太过实际且从不光彩并有所隐瞒的心机，温柔以待是爱的慈悲，自由奉献是灵魂的善巧，而对于每一个活在这世上的人类来说，他们曾经以及正在领受的愚昧之苦都是无奈与责无旁贷的成长代价，所以，朋友，请继续保持你的深情款款，修内在，便不求外在的环境太完美，长长的路，让我们带着微笑去走，心安理得，是一种瘾。

Chapter23.

后记　不是原因的原因

写这个故事的冲动是因为我认为自己的人生观、价值观是扭曲的，而这种扭曲是普遍性的，不仅是我个人的，这让我想停下来思考这种扭曲的原因。于是设计了这样一个故事，有梦想，有梦想破灭，有很现实的生活障碍，有愤怒，有最后的平静和出路。

它对于我的意义从一开始就不是表达欲，而是花了一个星期时间推翻了之前写了半年的5万字，重新认真思考观点和角度，然后又用去3个月，从头写了现在的10多万字，在我写完这个新故事之后，对于生活里那些困扰我已久的特别不是原因的原因，首先我给到我个人一个答案，因此自认为勉强算得上负责任和及格，并愿意拿出来分享给和自己拥有同样感受的年轻人。

之前故事的人物设计更绚一些，因为我本人疯狂地偏好建筑也熟悉文艺工作者，所以主人公被设计成一个女演员和一个男建筑师，他们也是一起旅行，经历很多地方，一路思考，看不同地方的夕阳和落日，很浪漫，但也很空很虚伪，缺少有血有肉的情感，写作方式也存在形式主义之嫌，属于为了写一个故事而写的那类，精神上不太靠谱，所以，在现在的故事里，我淡化了主人公的个性，只让他们快节奏地经历生活中高密度的片段，在一种焦虑感里展开故事和人物关系，少妄语少绮语，集中火力地只去描述凡人、凡人的情感和生活，去掉油腔滑调的成分，焦虑便是所有凡人的共同特征，这里面没有善与恶的评判，甚至没有我的个人审美。

当然，我也不认为现在的故事写的就有多好，仅仅对比之前的故事，它有站得住脚的逻辑，认真思考的观点，它不太容易阅读，夹叙夹议成分比较多，缺少通常小说的悬念，比如在一开始把结局就突突地告诉了大家，因为我想强调的不是故事，而是思考。而写作不应该只是讲故事的技巧，结构上拙一点，尽可能强化字句的有效信息，人们可以随意地从任何一页读起，也不会影响对全文的理解。

写这个故事，很投入，一是的确积累了很久，有很多想法，二是写完之后整个人也出不来，在故事里说了过多话，散了精气神，生活里反而无法开口讲话，准确地说，是根本忘记自己要在生活里说话，因为所有的表达系统都专注在脑子里，把各种想法过了许多遍写了出来，这让我错误地以为自己在真实生活中也和他人表达过自己的想法。很长一段时间，持续了得有四五个月，生活里的我都在无意识的禁言中度过，一天一天的不说话，然后我生活里的那些朋友在和我接触的时候都感到非常崩溃。他们会说："呦喂，您添毛病了"。

写前写中写后，都发生了一些故事，都是宝贵的记忆。比如：写前，首先是我的生活很给我感觉，对于"成长"这件事很想有个认真的总结；比如：我个人对社会赋予年轻人很多精神枷锁的反思，在惯性的生活里，很少关照自己的身心，甚至都很少使用心，常年繁琐的工作战线，已经让人们太习惯于不照顾自己的需求很久，这些精神枷锁影响了年轻人的生活质量、爱情质量、认识世界了解世界的质量，甚至对我们丰满自己来说都是一种障碍，而在我读过许多心灵书和宗教书之后，我也不认为宗教可以真正解决这些心理疾病。

年轻人面临的最大精神危机是被社会已有的游戏规则洗脑，这个时候如果年轻人再向内一味寻找自己的问题，反而会演变成人格分裂，那是一种难以言说的痛苦。我深切感受到这是每一个年轻人都深有体会的内心困境。我们都习惯自己给自己挖坑，事实上这一切与这个社会尚且存在文革遗风不无关系，一方面它要人妥协，另一方面，妥协之后，还要自我检讨，于是接受规则之后，人性越来越扭曲，永远不会摆脱人与人之间晦气的接触并很擅长互相激发彼此的恶，然而这些问题也是我们从小到大所受应试教育对每一个孩子内心最大的伤害，它让一个人在根上就永远怀疑自己的判断力，永远在向外学习，向内发问，活在粗人般自我改造的盲目坚持里，既丧失幽默感，且永远保持较劲，在我们牢记着对成功的定义是适者生存，充满战斗力地一头栽进对生活全方位机械磨合的同时，却忽略了我们最大的失败正是对自我生命本身的不尊重，对个人灵魂创造能力避而不用的不尊重。

罗艺是我做梦梦到的女孩，包括她的名字，我认为她代表我的梦想，也给我启发，这个启发就是无论生活给予你什么，你必须先于上帝以及他人，首先尊重自己的生命，去经历所有的奇迹并有备而来！也就是说遇到事儿的时候别老第一反应就先觉着怪，我们的生活的确有着层出不穷的怪内容，但见怪不怪是精神上的。因为我相信所有真正情感上的勇敢和知觉上的认识都不会是情绪化的，它们必然是有逻辑、经得起论证的，并在余生中可以始终持续拥抱生活的内心力量，作为一种无忧无惧正确的使用内心的方法和习惯，它不应该存在一丝考验耐力的成分。

写中，一直在听崔健的音乐，他是一个伟大的音乐家，同为北京人，生活在同一座城市，我感受到他音乐中的每一个细节都存在内心的内容，水乳交融，作为前辈，他的音乐很鼓舞我。我相信，一个艺术家之所以可以保持喷薄而出且质量颇高的爆发力，是源于他对这个世界曾作出过巨大的牺牲，并始终不可撼动、毫无保留地，准备再次掏空自己。大概是年龄到了，我以前听音乐从来不听歌词，只听编曲和旋律走向，但今年我27岁，才在语言系统里突然接收到崔健歌词内容的信息并开始消化，那种感觉就是，它们醍醐灌顶地安慰了我，让我发自肺腑地想感谢他曾写过那些伟大的作品！

完成文字部分进入图片拍摄阶段后，我在北京的大街小巷上晃了很长一段日子，因为太想还原记忆里那个无比热爱并深深影响我的北京了，但就是始终拍不到，可想而知，最后就是很泄气地决定不拍了，最后一天，我就一直从人民大会堂特意绕了很多远路，经过午门、景山后街、平安大道、一直走到东四十条，被一种极度不冷静的失望情绪控制，无法停止地盲目走路，然后在一个十字路口，我看见骑着电动自行车的窦唯，特别平静安然地等待红灯。那个状况就是，人的眼睛突然遇到了一个与杂志上报道过的“真相”完全相反的情境，看到一个普通人很朴实的精神面貌和生活真相。首先，窦唯那个状态太让我感动了，那就是我所熟悉的北京性格，特别平平淡淡，默默无闻，但是他们承担着什么，有股任时间和境遇都无法带走、也不可言说的性格。尽管包里就装着相机，但压根没想拍，也绝对不会去拍，因为那个画面的意义是产生在脑子里的意义，很酷。在这个人身上，发生过那么多事情，环境不光没能保护天才，反而发生了许多障碍，可你在窦唯脸上看到的却是那种特别不是个事儿的讯息，然后我祝福他的方式就是很老百姓地看了他一眼，收好相机，继续走路。离开那个十字路口以后，我的脑子就自动挑好要用的照片了，也意识到自己之前整天泡在大街上拍了很久的北京仍然是有意义的，虽然不再是记忆里的北京城，但照片里的人物仍然活着，他们都是有生命的人，这就够了。

很快，整理好这本书的所有素材，寄到出版社，遇到现在的编辑，同为年轻人的他们，给了我许多丰满个人思考的建议，这个故事是个起因，让我们相遇，但年轻人与年轻人的共鸣也让这个故事有了新的温度，变成了集体的创作，最初我只是想当然地以为出版发行只是一个“出”或“不出”的简单环节，但他们的敬业和严谨也让我再次感受到——在这个我们共同生存、拼搏的城市里，每一个个人行为都有可能成为影响他人的奉献，他们考究地对待每一个细节，将自己的热情奉献给这个故事，也鼓舞到我要更热爱这个眼前我们正在一起完成的工作。

所以，现在我是怀着一颗感恩的心看待所经历的一切，感谢这些生命里所有仍然有梦、并用身体力行开示过我、给予我拥有新思维契机的心灵同伴们。

最后，谢谢我的家人，我的妈妈！并深深地祝福每一位读者——想自己所想！梦自己所梦！上道！脚踏实地！以一组名为《all you need is love》的照片结束，作为我送给大家的礼物。

素速

2010-02-22

当你开始爱上一个人的时候，剩下的每一天都是对这段感情进行倒计时。

爱一天，少一天。

而所有被现实牺牲掉的情感和精神，都不会因为关系的终止而消失。

它们挥发在空气里，挥之不去地游离，默不做声地，被刻在心上和掌纹里，永远。

PARTY
7.JULI

Punkrock
dreckig
bleiben!

图书在版编目（CIP）数据

你好，陌生人 / 素速著. —南京: 江苏文艺出版社, 2010.4

ISBN 978-7-5399-3680-2

Ⅰ. ①你… Ⅱ. ①素… Ⅲ. ①长篇小说—中国—当代 Ⅳ. ①I247.5

中国版本图书馆CIP数据核字（2010）第051220号

你好，陌生人

著　　者: 素　速
责任编辑: 刘　霁
选题策划: 博集天卷 · 一草
特约编辑: 马冬冬　罗　岚
封面设计: 熊　琼
版式设计: 张丽娜
出版发行: 凤凰出版传媒集团
江苏文艺出版社　http://www.jswenyi.com
集团网址: 凤凰出版传媒网　http://www.ppm.cn
印　　刷: 北京京都六环印刷厂
经　　销: 新华书店
开　　本: 880 × 1230　1/32
字　　数: 150千字
印　　张: 7
插　　页: 32p
版　　次: 2010年4月第1版
印　　次: 2010年4月第1次印刷
书　　号: ISBN 978-7-5399-3680-2
定　　价: 26.00元